SPRING 野

更具体地生长

All This Wild Hope

一个有自毁倾向的人出现在我面前，
我会立刻生出恋情。

"如果避开危险，
就得不到有趣的体验了。"

多和田叶子
1960—
（© 嶋田礼奈／講談社）

GUANGXI NORMAL UNIVERSITY PRESS
广西师范大学出版社
·桂林·

捕云记 / [日] 多和田叶子 著 / 蕾克 译

图书在版编目（CIP）数据

捕云记 /（日）多和田叶子著；蕾克译. -- 桂林：
广西师范大学出版社，2025.8（2025.10重印）.
ISBN 978-7-5598-8335-3

Ⅰ. l313.45

中国国家版本馆CIP数据核字第2025Q2V857号

KUMO O TSUKAMU HANASHI

著作权合同登记号桂图登字：20-2024-011 号

BUYUNJI
捕云记

作　　者：（日）多和田叶子
译　　者：蕾　克
责任编辑：彭　琳
特约编辑：徐　露　徐子淇
装帧设计：汐　和 at compus studio
内文制作：陆　靓

广西师范大学出版社出版发行

　广西桂林市五里店路 9 号　邮政编码：541004

　网址：www.bbtpress.com

出版人：黄轩庄

全国新华书店经销

发行热线：010-64284815

北京启航东方印刷有限公司印刷

开本：787mm×1092mm　1/32

印张：9.25　　　字数：134千

2025年8月第1版　2025年10月第2次印刷

定价：68.00元

如发现印装质量问题，影响阅读，请与出版社发行部门联系调换。

1

遭遇犯人这种令人怦怦跳的故事，

我倒想告诉所有人。

在故事里，

我仿佛变成了一枚受人驱动的棋子。

原书名为「雲をつかむ話」。日本谚语「雲を掴むような話」通常形容不够具体、难以落实的情况。

人一生中能遭遇几次犯人呢。说到犯罪者，里面有个"罪"字。一个人被断定为某案件的犯人，如果让我说，他真的有罪吗，最终我是不清楚的，所以想保留看法。

至今为止有好几次，我与后来被断定为犯人的人说过话，我们的相遇用"交错"来形容十分合适。早晨，我看着一条丝带般横亘在天空中的白云，想起了过去的一场遭遇。

搬来柏林已经五年，晨起眺望窗外时还常有错觉，仿佛汉堡南部的易北河正在眼前流淌。毕竟是看了二十四年的光景，无法轻易从视网膜上抹去。我站在河边与太多人交谈过，具体人数是数不清的，不过如果是犯人的人数，我可以一一细数。

我有个想改掉的毛病，就是一坐到桌前就打开日记本，清晨还无事发生，除了写下一句"我起床了"，没有其他可记。于是我写下"天上飘着一条丝带般的白云"。看着云，我情不由己地想起过去。虽然我想在日记本上记录眼前正在发生之事，然而回忆犹如云蔓，一个牵扯出另一个，我也控制不住。

柏林的公寓书房窗户正对着中庭，中庭里有一个榉树和冷杉环绕着的小水泊，水泊和公寓后门之间连接着一条铺着红色调石块的小径。庭院深处，可以看到落叶覆盖着的桌子和长椅，还有茂盛的玫瑰丛。

斜前方的建筑离我有点儿远，所以我从这边的四层能清楚地看到，对面四层阳台上有个身穿华丽睡袍的金发女人。这女人大约九点钟起床，走上阳台摘去植物枯叶，给植物浇水，想来之后她会坐在我这边看不到的椅子上，一只胳膊肘放在扶手上，点起一支烟。是我想多了吗？我甚至仿佛能看到那香烟的烟雾。不过，女人今天没有出现，走上阳台的是个男人，让我吃了一惊。我能看见他黄色半袖马球衫下的粗壮手臂、厚实胸肌和无花果状的脑袋。是我从未见过的男人，我却觉得眼熟，感觉像我过去认识的人。不过，也许是那条丝带般笼罩了建筑的罕见白云让我这么想的。

宽而织纹稀疏的丝带松散开，与我的脑细胞缠绕在了一起。我想把它扯下来，它却越发缠上来。我不是礼物，不要把丝带缠到我身上。莫非，这是绑住人质手腕的绳索？

一个事件被人认知为案件之后，人们开始寻找犯罪者，从那个时刻起，某个人就成了与事件相关的犯人。不过，即使他被称作"犯人"，那一刻他依旧是他，并没有变身成另一个人。或者再上溯，犯案那一刻的他，与现在的他是同一个人。"没想到他竟然……"之类的想法，就和"没想到那人竟是个写小说的"一样，只不过是人们为自己的茫然无知而惊讶罢了。

我的朋友里没有刑警，我也不在侦探事务所工作，我只是一个以写小说为生的普通作家。尽管如此，我和犯人的人生有过交错。比起这种交错，我的生活里还有一些更重要的十字路口。

不过，对我来说最为重要的邂逅，我是不愿意讲给他人听的，而遭遇犯人这种令人心怦怦跳的故事，我倒想告诉所有人。在故事里，我仿佛变成了一枚受人驱动的棋子，很容易口若悬河。其中一些事，我已经告诉过别人，在信中写过，在小说里用过。

如果有人觉得此事耳熟，说不定你直接听过我的口述，说不定在我的其他小说里看过其他形式的表述。这件事经过我的多次讲述，已经带上了我的"手泽"。有手泽也好，就像一件器物被古董收藏家的手摩挲亮了。

很奇妙，亲身经历过的事经过多次讲述总会变得虚假，逐渐成熟。就算我无意欺诳，但事情就是这样，如果我想在讲述的跑道上顺畅起跑，不被绊倒，就需要在转瞬之间填补好"记忆里的空洞"。记忆里必然存在大量空白的洞，没有空洞的记忆难称记忆，人在说话时来不及思考该如何填补。这些被填补的部分几乎都是无意义的细节，不过，一件事被讲述成形之后，这些细节就开始膨胀，拥有力量，最终让整体发生变化。即使我不再想摆弄这些细节，但四处有空洞的话是难以被讲述的。也许只有诗，才可以携着空洞而前行无阻。我乘着讲述的势头，当下灵机一动，下意识地用假话填补空白，说不定我的"真我"就隐藏在假话里。尽管我不是事件的当事人，填补细节空洞的却是我。所以，在我对丝带云事件犯人的讲述上，这个道理同样适用。

那是一九八七年的事，那时我还住在汉堡。在那年秋天，我出版了有生以来的第一本书。记得那时法兰克福书展已经开过了，那么更准确的时间应当是初冬。正好在一年前，我给一家出版社的女老板看了我诗作的德译本，女老板立刻对我说："出书吧！"出版社名字很有个性，如果翻成日语，可以叫作"破产出版"。

那时我住的房子正对着易北河畔的慢行步道，无论下雨还是落雪，周末总有许多散步者。我用签字笔在纸上写了"此处有售日语和德语的双语书，一册二十五马克[1]，有意者请按门铃"，贴在阳台飘窗玻璃上，想吸引散步路人的视线。我不觉得这么做有风险，也没有不好意思，书多卖出去一册也是好的。

步道的这一侧，是一排令人联想起丹麦乡野的古旧独栋小楼，另一侧是花坛，再走就到了河岸。白

1　德国马克已于 2002 年正式退出流通。

沙覆盖的无石河岸与花坛之间有一两米的高低差，更远处的易北河，宽阔到能开进一艘集装箱船。

这一带是距离北海一百公里的内陆，即使距离这么远，北海涨潮时，海水沿着易北河逆流而上，上涨的河水能淹没河岸。很久前，离这儿不远的某座房子就进过水。远空将云灰和天青交替映照在河面上，一日间色彩摇曳，阳光在水面上洒下粼亮，散播开细碎而璀璨的孤独。我听说，云是水蒸发凝成的，从大海飘荡而来的云或许很咸涩吧。

那天本是工作日，下午我却很少见地一个人在家。从清晨起，天空蒙着一层薄云，河对岸吊车钢架显得十分冰冷，我很不习惯这种云不现身却漫天都是云的天空。割碎沉雾的冷风打到窗玻璃上，发出咔嚓响声，码头方向传来等间隔的金属钝响。从窗户看不到外面有人影，我刚离开窗户，却听到了门铃声。这天没有约定的访客，邮递员的黄色自行车早已从家门前经过，会是谁呢。打开门，门外站着一个身材魁梧、比我高一头的年轻男人。那天没有下雨，他的红褐色细碎卷发却湿漉漉地贴在额头上。这人颤抖着苍白嘴唇，努力挤出友善的微笑，吞吞吐吐地说：

"我看见窗户上的贴纸了。呃……我要去参加朋友的生日派对，想送一件礼物，如果你能用纸和丝带帮我包装，我想买……呃……"

我看见他唇边长着凌乱参差的胡子，嘴里说着"生日派对"和"丝带"等气氛欢快的词，眼中却流露出不相符的黯淡焦灼。我没感觉出有危险，就让他进了家，为了阻挡更多湿冷气息涌入，赶紧关上了大门。门一关上，他的表情立刻缓和了些。我从玄关柜里取出一册样品递给他，他笨拙地翻了翻，似乎读了几句，不过更像在心神不宁地想着其他事。他仿佛察觉到了我的怀疑，回过神来惴惴地问：

"这，是本双语诗集吧。"

"有诗，也有散文。日语和德语双语。日语是我写的，德语是译者翻译的。"

"哦，日语……"他恍惚想起了什么，视线飘向虚无的半空。我问：

"你懂日语？"

他仿佛被震醒了，"不，怎么可能，我只是想……"他说到一半，继而转向沉默。

"你真的想买这本书？"

"是的，我想买。她，对日本很感兴趣。请给书包一张日本花纹的纸，系上丝带。"

听到这个，我稍微放了心，走到楼上，从积攒在最底下抽屉里的旧纸堆中寻找日本包装纸。我喜欢用纸包装东西，会毫无理由地把不常用的咖啡杯用纸裹起来摆进橱柜，别人送了我讨厌的摆设，我也会用纸包好再摆在那里。我对纸的软硬和纤维质地感兴趣，各色各样收集了不少，不过对纹样没什么讲究，所以这时我第一次察觉到，家里并没有日本纹样的纸。

找到一张白色天空上飘浮着红云抑或黑白花奶牛斑点纹样的纸，确实是日本一家有名百货店的包装纸[1]，不过谈不上什么日本气质。还有几张真正的日本出版社的书皮纸，原本包在大开本书籍外面，当作包装纸并无不可，但若是细看典雅纹样，就发现取自古希腊艺术，估计外人看不出什么日本风味。要是有和果子店的包装纸就好了，比如先用经木[2]包好团子，外面再包一层的那种深绿色底白色蔓草纹的纸。我一边找纸，一边竖起耳朵留意楼下有没有声响。最后找

1　三越百货的包装纸，由画家猪熊弦一郎设计，从1950年使用至今。

2　松柏木材上削下的极薄木片，古代日本常用的包装材料。

出一张从德国文具店买来的樱花纹样纸，樱花纹会让他感觉很日本吧，我想。

裁出适当的尺寸，包好，用胶带贴住，接着开始找丝带。记得一个大袋子里装着平日积累下的各种绳带，但现在怎么也找不到。我对包装纸感兴趣，对绳带类心存偏见，总觉得绳子不但不顶用，关键时刻还经常打死结解不开，想绑紧时又容易松，很不方便。过去日本没有丝带这种东西，所以我总觉得用丝带装饰礼物并不显高雅。这么想着，越发懒得找丝带了。我自言自语：礼物不是非系丝带不可，你不用替他想得那么周到。

忙乱一阵下得楼来，那男人站在走廊尽头等着我。那时我有些惊诧，虽然他未必一定站在玄关等候，可也不必走到家里吧，何况是走廊深处。

"没找到丝带，不系可以吗？"我问。

那男人颤抖着上唇，口气异常坚定：

"丝带必须要有的。"

我微微不悦，有意放慢脚步，走回楼上自己的房间。空手去参加别人生日派对的男人单单在意什么丝带呢，滑头。

我闭上眼睛，集中意识，思索放绳带的袋子到底在哪里。找东西就是这样，越使劲去找，越找不到，平心静气地思索一下，往往能想出答案。至少那时我是这么认为的。如果这道理是真的，那些已经忘记的人，已经忘记的事，也能从星辰无限闪烁的脑海宇宙里一一觅到才对。

在柜子深处找到了袋子。从旧鞋带、绑东西的细绳、塑料绳、裤腰橡皮筋、蒂罗尔丝带和残余毛线里，只找出一根别人送的礼物上的丝带。金丝和红线交织的宽丝带，两端有些脱丝。虽和包装纸颜色不搭，因为没有其他，只能用这根。我在书籍小包上用丝带绑出十字，打个蝴蝶结，整理好形状，尽管有些在意脱丝，不过就这样了，不容他提意见。我这么想着，准备下楼。

这时桌上的电话响了。我不想接，无奈铃声响了十次之后仍没有停，我只好去接，刚拿起话筒，那边已经挂断了。

沿着弧形楼梯走到一半，便看见他站在最后一级台阶前，一副垂头丧气的样子。从我的俯视角度能看到他从肩膀到手臂上隆起的肌肉。那天不算很热，他却满头大汗，头发顺着旋儿湿塌塌地贴在头皮上。如果我就这么走下去，定会迎头撞上他，所以中途停住了脚。我闻到一种气味，一种很少闻到的气味，却不完全陌生。

"让你久等。只有这根丝带了，请凑合一下吧。"我这么说完，他依旧低着头，生硬地说："对不起，我忘带钱包了，这就回去取。"他没有看我，急匆匆地返回玄关，打开门走了出去。

我双手捧着那本系着丝带的书，在走廊里等了片刻。他说要回家取钱包，想来住得不远。后来我才慢慢想起，他既没有说"我家就在附近"，也没有讲"我马上回来"。二十五马克对年轻人来说是个不小的数目，若他说的是"带的钱不够"，倒也合情合理，现在才想起没带钱包，就有些可疑了。即使他真的忘带了，换作是我，我会撒谎说"没带够钱"。他让我费了一番力气，却实话实说没带钱包，可以想见他心里多么慌张。是什么让他如此慌张？我心头回旋着无数解释和想象。

我察觉到，我从刚才起就一直在门内愤恨地盯着房门。一般来说，只有被关在门内欲出而不得的人，才会这么做。确实，那边是外面，我这边是屋里，区别似乎不大。不过我是居住在这里，并非囚禁在这里。我忽然觉得这一切很荒诞，便快步跑上二层，回了书房。不记得这之后都做了什么，只记得我的耳朵还在倾听，等着刚才的男人回来。后来等累了，我告诉自己不等也可以的。书还在我手里，没有损失。倘若那人回来，以书换钱即可。入夜了。下雨了。我不时浑身发抖，仿佛正淋着雨走在路上，忘了带伞。

那天他没有回来。第二天，第三天也没有。如果他拿走了书，我倒可以承认自己上当受骗了，但书还在。莫非他从我家偷了东西？我下楼细细检查了一遍，没丢东西。他为什么演这种费力不讨好的戏。

我把此事讲给公司同事和大学里的朋友，有人在意"真的没有丢东西吗"，有人认为"也许他在取钱包的路上想到了更好的礼物，所以没有返回"，有人什么也没说，只表示费解。众人反应不一，都没有说中事实。

"当我在厕所里独自唱歌时，月亮滚进来了"是这本书中《月之逃走》一诗的第一句。什么东西滚进来全看运气，人无法预测什么东西将滚进来。那阵子我感觉坐在马桶上时，总有最好的灵感滚进来。也许那时的我只有在厕所里，才有余暇思考事情。大学课程越来越有意思，我在公司的工作时间从每周四十小时缩减到十九小时，忙碌程度没有变。公司允许我配合大学上课时间自主安排工作时间，我早上八点出门，每天以不同的节奏往返于公司和大学之间，傍晚回家后便坐到书桌前，写那部名为《鳞饼》的小说。那阵子我憋足了一股气，好不容易出版了第一本书，说什么也要出第二本。

那之后过了一些日子，我又想，也许那一天，那个男人在考虑怎么给走向终结的恋人关系写下最后的终止符，所以去易北河畔散步，也许他走着走着，忽然决定废弃终止符，转念想写一个重返乐曲初始的记号，想带着礼物去恋人家，尝试说些类似"我们还能从头再来"之类的话。那一刻，他看见了我的贴纸。他想，恋人对日本感兴趣，这就是缘分吧。当即决定买书当作礼物。当他在楼下等待时，忽又觉得，不可能和恋人从头再来，他们的乐曲在他心中已经结束了。他耻于向我这个陌生人解释详情，便撒了一个无聊谎，匆忙逃跑了。顺便说，他想买未买的那本书，名为《只有你在的地方空无一物》，我想象着拥有无限自由的镜子，构思了书名，不过经常被人误解，以为我在否定谁的存在意义。如果那男人觉得这书名就像恋人会说的话，由此丧失了自信，那么我也有责任。

一年后，某天我收到一封信。我至今记得信封的奇妙柔软触感。寄信人的名字很陌生，我带着一无所知的心情打开折叠得非常整齐的信纸。

> 我是那个阴天按响你家门铃的人。我提出要买书，请你包成礼物的样子。

信的开头如此写道，我险些惊呼出声。

> 那天，警察正在追踪我，我需要一个藏身的地方。我知道自己的样子很可疑，不过，我打算去按响随便哪一家的门铃，假装借打电话，进去稍微躲藏一会儿。就在那时，奇迹出现了。"请按门铃"几个字冲进了我的眼睛。那时我在慌张之下，竟然看了贴纸，完全理解了字的意思，就连我自己也觉得不可思议，可见那时我浑身

哆嗦成了什么样子，说不定是我的视网膜被"日语"这个词给拽住了。我交过一个日本女友，这事稍后再说。

那天幸亏在你家躲藏，我才暂时躲开了警察。不过到了夜晚，我蹲在公园树丛里，淋着雨哆哆嗦嗦地想了今后该怎么办，意识到被警察抓住反而是个好结局。我身无分文，那天我对你说没带钱，不是说谎。幸运的是，几天之后我在街头被警察抓住了，目前在汉堡市北的O监狱服刑，也许你知道这个地方。

我剥夺了别人的生命，自然要服刑。你知道，O监狱被选定为监狱改善促进运动的典型，这里日常管理很严，不过确实保障了犯人的尊严。至今为止，从没有人这么礼貌地对我说过"某某先生，这是你本周的工作计划表，请在今日之内确认，如果有问题，请提出来"。从前我打过黑工，上司每天不管不顾，只把工作强加给我，如果稍有失手，就会挨骂，被嘲笑，比挨揍还难受。监狱和黑工厂相比，真是一个天上一个地下。在监狱里，工作出现失误也不会挨骂，他们会问我失败的原因，和我一起考虑解决办法，绝不侮辱。我因为肩膀疼不能干活时，他们为我请来了医生。

工作当然有休息。我甚至觉得，如果我十几岁时在这种环境下长大，现在就不会进监狱了。我甚至想大声嘲讽，进了监狱我才有生以来第一次被当作人。这些都多亏了监狱改善促进运动。

现在让我既惊讶又高兴的事，是监狱里有图书馆，可以自由借书。五万本藏书里不光有法律之类的专业书，还有很多小说。光是读这些书，我一辈子的时间都不够。如果我想读的书这里没有，只要申请，监狱就会购买。"我们有预算，几乎没人申请，所以如果你有想看的书，尽管申请就好了"，图书馆的B馆员告诉我。B去年辞掉了中学历史老师的职务，主动选择了现在的工作。

我从小的生活环境里，大人们不会慈祥地守护着我读书，为我读书而高兴。那时我笨手笨脚地躲避大人的暴力，已经用光了所有力气，从不记得自己从容坐下来读过什么书。十四岁时，三个偶然要素重合，我有了读书的时间。第一，是我暂时一个人住了，不再受大人的纠纷侵扰，每天都能安静地生活。第二，刚好学校图书馆的老师很关心我。第三，我认识了前面说的日本女孩。多亏读了书，我的高中毕业成绩还不错。老师一半劝说一半逼迫我去上大学，我半信半疑地上了大学，却遭遇挫折，最终，走上了通往监狱之路。相关之事不在信里写了。后来我忘记了学校图书馆的那位老师。

这座监狱在为改善而努力，希望能被指定为人道主义的范本，所以不会像电影里那样让犯人吃猪食似的饭，不会以做操或劳动的名义惩罚犯人，不会在犯人淋浴时刺激犯人的羞耻心，欺侮犯人。可是，此处唯有一点让我难以忍受，所有监狱也都一样，那就是噪声。进来之前，我以为如果被关进单人牢房，一定安静而压抑。事实相反，噪声终日不绝。金属的吱呀摩擦声，沉重狱门的关闭声，上锁声，回荡在漫长走廊的墙壁间，仿佛永无休止的谵妄折磨着我的耳膜。

尽管有暖气，可我听到噪声就不禁寒战，还会发烧。有时还传来人的低吼和叫骂声，每次听到这些，我都感到利刃剜心。这种声音不是每时每刻都在响，正因为不知何时响起，我一直战战兢兢。我多么希望能有片刻心安，能感觉自己在一个安全的、只属于我自己的地方，但这是不可能的。夜晚我常常惊醒，用手指堵住耳孔，被子蒙头，也得不到安宁。只有一件事能领我走进平和世界，让我独处，那就是读书。读书时，活字组成墙壁，温暖地包围我，守护我，我的心长出麻雀的翅膀，可以自由地飞。只有读书的时候，我的心才能真正安静下来。在安静里，我想起了暖意。

每周一次，我在看守的监管下去图书馆借书，还掉前一周借的，最多能借五本新的。图书管理员 B 一看见我就摘下眼镜，笑眯眯地看着我，接过书，问我读后感。有时，我可以提前准备好傲慢不逊的回答，比如"倒立着读倒是很有趣"，比如"我一直猜情节什么时候加速结果在三十三页上油门一下子轰起来"。这种时候，我仿佛返回了十四岁。有时我苦涩地想，人生若能回到十四岁重启就好了。不过，这种想法太过感伤，我竭力不去这么想。

我读了B馆员推荐的安部公房的《箱男》，读着读着，我忽然想起了那个阴天。我躲避着警察的追逐，穿过那个想不起名字的大公园的茂密树丛，一路向河畔狂奔。跑到河畔步道的时候，我发现已经无法回头了。前方是死路，返回肯定被捕，我也没有体力沿着河狂奔一百公里直到出海口。现在，我时常想起那一天，我钻进你家，蒙骗了你。不过，被捕之后，我把撒谎买书这件事彻底抛到了脑后。B馆员对这件事很感兴趣，"如果你记得书名，我们可以申请购买"，听到这句话，我吃了一惊，感觉监狱里的世界和外面的世界，现在的世界和以前的世界，一下子接通了。我没能马上想起书名，大概记得是《你在的地方就是一切》，我这么告诉B，请B查了书籍目录，才发现记忆有误，苦笑。

我申请监狱订购了，书却迟迟不见送到。后来我忘了这件事，每周去图书馆，读了三岛由纪夫，读了谷崎润一郎，不知为什么读的都是日本作家。有一天，B馆员笑容可掬地等我来，我问："您发现优秀作家了吗，还是找到了新女友？"B从书架上取下一本书，递给我。《只有你在的地方空无一物》，说实话，我有点摸不着头脑，没能马上反应过来这本书是什么。

回到单人牢房，我呆呆地盯着书名，没有翻看的力气。为什么我在的地方空无一物？傍晚劳动结束回到牢房，我打开书看了。你是作者，我下面的话也许不恭，你的书没有立刻让我共鸣。我读了几遍，德语和日语都没有共鸣，我没有感动。看着看着，我想起了遥香，这是我曾经交往过的女人的名字。说是女人，与我同岁的她，当时还是个少女。我努力跟她学写日文假名，度过了一段非常幸福的时光。我想起了遥香看着我写的あ[1]时露出的独特微笑。

话虽如此，日语第一个字就如此难，实在没有道理。遥香教给我，先写一个十字架，就连

---

1 日本五十音图中的第一个假名，日语中的基础元音之一。

没什么信仰的我也觉得这个开头不难接受,然而缠绕在十字架上的蛇太磨人了。啊,蛇扭动得过分激烈,十字架下方有些松动。遥香一副若无其事的样子,只让我这么写,仿佛不知道被蛇诱惑的下场。她说,连あ都写不了的话,事情就进展不下去了。话虽如此,还是太难。我问能不能绕过あ,先练习第二个字い。问完我立即后悔了。い字过分简单,不过我搞不懂,两条线为什么歪歪斜斜的,莫非是原本想画一个圆圈,途中断开了两处,还是为了提防左右攻击的两面盾牌?两种都不是。更像是一个舞者抱着球,弯着腰,头倾斜四十五度,是舞者两只手的线条。不过我的身体无骨,全是粗鲁的大块肌肉,做不出这种舞蹈般的动作。

学到第三个字う时,已经夕阳数度沉落,朝日数度升起,周而复始。我练习完第三个字う,遥香开始变得冷淡了。第四个字え在我眼里,只是一条充满恶意的蛇。练习第五个字お之前,遥香说不想再和我单独见面。那之后我们再没见过面。缠绕在あ十字架上的蛇,变成了第五字お中的十字架的一部分。

　　我把这件事讲给B馆员听，B笑了，建议我现在重学一遍。我不敢相信自己的耳朵。B说自己参加了"在监狱推进人道主义"的组织。人有基本人权，学习外语是人的权利之一，囚犯也有学外语的权利。B建议我书面申请日语的个人教学。我反正没什么好怕的，想看看最后能走到哪里，所以也变得积极起来，递交了申请书，通过了。我简直不敢相信这一切是真的。不敢置信的心情纷涌而来，暖流似的裹住了我，让我跃跃欲试。太兴奋了，我手足无措，所以现在写了这封语无伦次的信。期盼着你有空给我回复。我还有很多事情想写，但不希望只是我一个人写，很期待你的回信。

2

这个小小的存在，

手握独裁政权，让大人下跪，

从后面挥刀将大人们一一斩首

也不是不可能的吧。

我想写回信而写不出时，就会不由自主地打开日记本。我知道这是个坏毛病。信就像一只必须笔直地投给谁的纸飞机，虽是纸折的，尖端若是刺中眼球就糟了。故而得带着责任感去写一封信。我太在意责任，想写的也写不出，所以转向了无须负责的日记。在日记面前，我想托下巴。手一撑住下颚，下巴自然向上抬起，透过玻璃窗，我看见了蓝天。

　　今天西边的天空上轻覆着白鳞云，浮现出平假名いわし的形状。也许因为天色尚早，我等了很久，始终不见平假名转换成汉字[1]。平假名的滋味也不坏，有种不经烹制的生味。我试着用平假名写下いわし

1　日语中的平假名单词大多可以转换成汉字，比如"いわし"，转换成汉字便是"鰯"，即沙丁鱼。

（沙丁鱼），如同用德语写下 Forelle（鳟鱼），一种柔软在我口中化开。虽然 Forelle 不是沙丁鱼，是鳟鱼。两个单词直接在我脑中接通了，无需鱼的介入。

我暗暗想起一个不来梅[1]青年。我叫他"鳟男"，之所以想起他，是因为他和我现在的通信对象有几分相似。几个月前，熟人委托我去汉堡市成人教育中心的日语讲座帮忙，那里的中级班老师做了喉咙手术，暂时无法授课，我被雇去做临时代理。所以每周有一天，我要在大学课后去成人教育中心。

鳟男是日语教室的一位学生。其他同学对语言有细腻而轻盈的感受力和轻松心态，而鳟男少言寡语，态度耿直。我觉得奇怪的句子更有助于练习，所以用"赤い家の外に出ます"（出了红色房子）、"火曜日に、町から外に出ました"（星期二，出了城）、"カエルが川から出ました"（蛙出了河）这种再差一点儿就会说不通的句子做示例。鳟男却坚守现实的底线，只造诸如"わたしは学生です"（我是学生）之类的真实句子。他好像连这种句子都觉得荒唐，语调和眼神

1　德国第二大港口城市，也是三大城市州之一。到汉堡的铁路距离约为 97 公里。

里流露出焦躁。有一次，鳟男忽然抬起头，说了句"出たい"（想出去），吓了我一跳。这句话没头没尾，只是"想出去"。我感受到了他的情绪——无所谓从哪里出去，无论如何，只是迫切想出去。

如果用書く（写）这个词举例，更容易懂。学生们在初级日语班上，学习把書く变成書きます[1]。即在词尾加上です和ます。到了中级班，学生们学习从書きます里去掉ます，换成たい来表达欲望（从"写"变换成"想写"）。从这种角度看，書きます与动词原形的書く相比，更直接地连接着欲望。去掉鳟（ます），换上鲷（たい），欲望便显形了。

鳟男也一样，他去掉ます，换成たい，不过他的"出たい"（想出去）太没头没尾。看不懂他想从哪里出去。我告诉他：

"你造的句虽然没错，如果能写得详细一点就更好懂了。"

鳟男皱眉想了片刻，没有害臊也没有犹豫，说出"春が来ると、出たい"（如果春天来了，想出去）。

1　相当于"书写"的敬语形式。

我更想知道了，如果春天来了，想出去的是人，还是东西？从何处出去？

日语课本上的解释是："用と（当、如果）来假设一种状况，表达希望发生某件事，这种用法是错误的。"但我无法简明扼要地解释给他听。那一瞬间，我有些举棋不定，说不好他的造句是对还是错。如果春天来了，想出去。鳟男死死盯住我，此时"如果春天来了"几个字，仿佛他从旁人庭院树上折下的树枝，嫁接到了自己的树干上。为什么是春天？我迷惑不解。不过再想，当我们真的想表达什么的时候，写出的文章就会带上这种暧昧的质感。

那天回家路上，我不由自主地说出声：如果春天来了，想出去。如果春天来了，打算出去。如果春天来了，你不想出去吗？如果春天来了，我们一起出去吧。

我走了一阵子，信号灯在眼前变成红色。我忽然想到，他为什么不说"等春天来了"呢？他若这么说了，那谁都挑不出错。能说出"等春天来了"的人，确信春天一定会来，确信春天是当下的延续，是确凿无疑的未来，毫不迟疑地相信自己能走入春天。这就是说，此人把"说不定明天会死"的想法抛到了脑后。与此相对，说"如果春天来了"的人，只是平铺直叙，说话人的存在感太稀薄，声音那么小，不知在惧怕什么。鳟男不在任何地方，却说"想出去"，三个字里骤然涌上了浓重的欲望，心理显得前后矛盾。"如果春天来了，想出去。"鳟男现在何处？想出到哪里去？

总而言之，鳟男突然捕捉到了语言的质感，这件事带给我的惊讶和我读到犯人来信时感觉到的有些相似。犯人充满感情地描写了日语的几个平假名，他写这些字句时的手细腻而温柔。一般来说，犯人行凶，用的不也是手吗？

我知道的，把那个男人称为"犯人"有些滑稽。不过，如果和"隼人""风人""和人"[1]之类的漂亮名字放到一起，"犯人"看上去也像个名字。如果再看汉字的形状，恍若一个人背靠牢房的墙，微垂着头坐在地上。犯，就是一个叫"卩"的人，背靠着左边

<hr>

1 都是常见的日本男性名字。

的反犬旁。

犯人为什么给我写信？是想告诉我犯案过程吗。我反复看了信，似乎不是这样。我未能免俗，一听是犯罪，自然很好奇。可是比起他犯下的罪，我对现在监狱里的图书馆和外语教学更感兴趣。对我来说，这也是新发现。

白色鳞云覆盖着一部分蓝天。我终于写完信，仔细折好，找出信封，写上 O 监狱的地址。把书信寄托给邮局总有点儿不放心，或许因为这个，封口时我用力挤压了胶水。信放进书包，我想喝茶，走到楼下厨房，烧着水，抬起胳膊迎着小窗看，看到胳膊上有一块半透明的鳞，抓一下就扑簌簌地掉了，看来是干掉的胶水。

很多次我梦见书信的封口在邮寄的路上开了。翻涌的海浪打湿了船只甲板上如山堆积的书信，浆糊化开，信开了口。或者，在机场的偏僻角落，吸尘器的排气喷在如山的书信上，信封呼吸艰难，每次痛苦不堪地呼出一口气，信封口便张大一点点。我对信封说，不要乱喘气。但是，我真的在场吗？我的声音能传达给信封吗？不安劈头盖脸而来。我不在场，我离得太远了。

书信全都送到了，至少截至那时，从未丢失过。不过几年之后，我的书信被盗过一次。那是二十世纪九十年代初，我在德国出版双语诗集的四年后，一九九一年。我在日本也开始出书了，与此同时，每月都有几种日本的文学杂志从遥远的东京寄到我在汉堡的家里。

我家门前的小路进不来车，所以邮递员把车停到高坡上的易北大道，推着黄色自行车下坡送信。固定在自行车大后座上的书信箱没有盖子，能清楚地看到里面装满了书信和小包裹。邮递员在各家门前停好自行车，将书信塞进邮筒。如果户门和道路之间隔着一段距离，邮递员就会有片刻时间顾不上看管自行车。

我家门前没装那种可称为邮箱的东西，只是大门上有个口，书信和包裹通过这张嘴，哗啦一下掉进走廊。从玄关到门，要上两级台阶，如果邮递员来时我在半地下的厨房，从与地面等高的小窗户能看到他的鞋踏上三级深绿色的镂花铸铁台阶。他本人一定想不到，此时有人在看他的鞋。

鞋子踏上台阶的声音异常响亮，书信或包裹被塞进来，落到地板上的声音更是响亮到可怕。如果小包裹太厚，塞不进来，邮递员会按门铃，直接把包裹递给我。那阵子负责这一带的邮递员是个小个子青年，脸色苍白暗淡，眼睛周围红通通的，仿佛黏膜发了炎。这人按门铃时只随便按一下，可是有一天，门铃尖厉地长鸣了三次。我吓了一跳，匆忙下楼开门，邮递员气喘吁吁地指着北海方向，高吼着告诉我：

"刚才小偷拿了你家的小包裹跑了。"

顺着他的手指看过去，清晨的小径上只有大波斯菊从花坛弹出长颈频频点着头，没有人影。灰椋鸟飞来，啄食着小径上的昆虫。

"是我家的包裹吗？什么样的？"我全无危机感，出于无奈才问。

邮递员比划了包裹的厚度和大小，"像是杂志"。说到寄给我的这种尺寸的包裹，只能是日本的文学月刊杂志。

"那是日本的纯文学杂志，丢了也不可惜，这小偷也太与众不同了，居然费心思偷这种东西，犯人大概多大年纪？"

"看上去十岁左右吧。"

"十岁？"我不由得提高声音反问。

邮递员紧皱眉头，舔着嘴唇，看上去不像在开玩笑："已经不是第一次了，就是和你家隔着几栋的那家的孩子。他没有妈妈，爸爸是律师。有人每天过来照顾孩子。只要稍微不注意，这孩子就会逃掉，假装去了学校，其实就在这一带闲逛偷东西。他爸爸告诉我，如果孩子再偷东西，一定要告诉他。我想他会用现金赔偿你的，之所以是现金，是因为这孩子偷了东西绝不返还。或者说，他把偷来的东西扔掉了，还不了。你想怎么办，也去报警吗？"

我想象了一下去警署说一个十岁孩子偷了我的日本纯文学杂志的情景，差点儿笑出声，不过看着邮递员认真的眼神，我只压低了声音说了一句：

"这次先不用报警。"

因为离北海很近，上空总是刮着巨龙展翼带起般的大风。据说风服从龙，那么云服从什么？风吗？即使滞重的云覆盖了天空，只要风从北海吹来，云也会裂开缝隙，露出青蓝天空。虽说是青空，却带着烟云过眼之感，不知何时便会消失。即使青空越来越宽广，把云一直推到地平线边缘，可没过一会儿，云又成长壮大，阴郁地覆住天空，阴郁的背面甚至会飘洒雨滴。这一天，我和邮递员说话之际还是一片和煦晴空，一小时后再出门，易北河上方的天空已被铅灰侵染，风把细雨吹到我的头发和外衣上，一片寒凉。

那时我已经从公司辞职，在写小说赚取生活费，同时准备着博士论文。小说卖得并不怎么好，不过在那个时代，德国尚未引入欧元，物价还便宜，没有计算机互联网和手机之类的吸金之物，我也没有特别的物欲。那时我最大的花销是买邮票。我在稿纸上写好文稿，通过邮局发走。若是有人邀请我参加朗读会或演讲，沟通协商也要通过书信。一封信上写着请于某某日参加朗读会。我回信说，这一天不行，第二天如何。之后又有一封信寄到，第二天不行，另换一日是可以的。我再回信，另换一日可以，请问报酬是多少。总之为了一件事，要舔好几次信封的封口胶。

我在电话上吃过很多次苦头，所以就算写信很麻烦，也尽量用书信沟通。之前有很多次，电话那边的人语气颇可靠，显得亲切又能干，擅长交流，实际上不仅愚蠢而无能，还没有资金做后盾，只装作财大气粗，计划泡汤了也不主动联系，非常不可靠。这种人隐藏在话筒后，扮演一个他理想中的自己，也许面谈就会露馅，但只要有电话做屏障，他就能保持自信，嘴上说着"我这儿有个计划，是不是非常有趣？媒体也在关注我们"，陷入自我陶醉里。实际上他只不过在某个派对上对电视台的人说了自己的计划，对方没有面斥无聊而已。他再把这个计划告诉我，只要我没有一口回绝，他就能转身去对别人说："作家某某女士表示了，她非常想参加这项活动。"由此加深了我对电话族的不信任。

和电话不一样，书信暴露人性。信纸款式、纸质的选择、文字配置、文笔、署名的协调性和速度感中都隐现着写信人的脸。有的信用了炫耀高级感的金线厚信纸，文笔讲究，彬彬有礼；有的随意找了张纸，手写字体，言语中不时流露出写信人特有的文字癖好。尤其是遣词用句因人而异，能从中看出对方与文学有怎样的关系，所谓见字如见人，真实见面后，会发现对方基本符合书信印象，很少发生偏离，与电话成反比。

我通过书信参加活动，商谈详细，寄送资料，出版书籍，挣来的钱变成邮票，邮局是我第一散步目的地。那天我比往常晚出门，绕了很多地方，走回家时天还没有黑，白昼时间在一天天变长。太阳在痛快地疾驰，奔向夜晚十一点才天黑的夏至。

晚上十点，门铃响了。正在读书的我吓了一跳。究竟是谁这么晚来访？我从大门上的小窗向外窥视，外面是个穿着西装的男人。和日本不一样，德国男人上班并非一定要穿西装，所以单从打扮来看，这男人就给人留下独特的严肃印象。隔着门我问外面是谁，他回答：

"我是 M，是与你隔几栋的邻居。刚才我回到家，看到一封信，信上说今天早晨我儿子偷了你的邮政包裹。"

我带着一种说不出的奇异感觉打开门，仿佛白天构思的虚构故事到了晚上变成了现实。

男人飞快地擦了擦额头，微微低头，"实在对不起，我想补偿，麻烦你告诉我多少钱"。我告诉他：

"日本的文学杂志，不过几千日元而已，不赔偿也没关系。"

"请不要这么说，我一定赔偿。"

"这都无关紧要。为什么你儿子要偷这种东西呢，还有，他把书偷去做什么？"

我不由自主地用了质问的口气，男人有些狼狈，嘴唇嚅动，仿佛有话想说。我便把他让进了家门。

我请这个在西装里变僵硬了的男人在起居室的宜家简易沙发上坐下，我坐到对面，打量一下后，发现这是个肤色健康的男人，肌肉之上薄覆脂肪，鼻下的褐色胡须打理得非常整齐。他几度活动肩膀，仿佛想纠正骨位。看到他这样，我静不下心，总感觉自己做错了什么事。

"你的孩子几岁了？"

"刚十一。他有些早熟，但还是个孩子。他母亲离开以后，他开始制造各种问题，我请人过来照顾他，可是就算有人送他上学，他也逃学，还经常偷东西。"

"那偷来的东西呢？"

"他说都扔进易北河了。我也没办法确认真假。"

男人垂下头，倒是显得心口合一。我们没再继续说下去。男人要了我的银行账号后走了，我稍微有些害怕，后悔告诉了他银行账号。

那之后没过多久，某日我看完牙医，坐市内巴士回家。忽然巴士前方传来叫嚷声，搅动了令人昏昏欲睡的午后空气。我坐得很靠后，探头去看，看见一个女人单手推着婴儿车，一只手愤怒地挥舞着。

"巴士不是给你这种小兔崽子坐的。下去自己走路！"

被她骂的那个人的身影被其他乘客挡住了，我只听见一个男孩变声之前的嗓音：

"丑八怪生小丑八怪，遗传基因就这么真实残酷。"

声音虽然幼小，态度却傲慢不逊。我生出好奇心，左右变换角度，从人缝里看到那是个十岁左右的男孩，五官端正而文雅。这女人在和这么小的孩子生气，看来之前发生了什么事，真的惹怒了她。站在这位母亲身边的另一位老年男子训诫男孩：

"不要再吵了！"

男孩毫无惧色地回嘴：

"秃头闭嘴！"

老者瞠目结舌，空张开嘴，片刻之后才说出一句：

"你家怎么教育你的，你母亲在哪里？"

"你那么想知道我母亲在哪？干吗，想操她吗。"

老者听后怒火中烧，满脸通红。旁边一个高个子瘦女人替老者解围：

"你这种孩子趁早进少管所吧。进医院也行，你有神经病嘛。"

"那你怎么不去？哦，可能是你胸太小了，他们不许你进。"

我遗憾自己坐得太靠后了看不见男孩的表情。

"混账小孩，赶快闭嘴！"另一个男人说。

"像你这么瘦，肯定结不了婚。再说了你还有口臭！"

"你还是小学生，一定觉得大人听了你的话会吃惊，对吧？"

"你这种丑八怪，没女人喜欢。"

"我有女朋友。"

"那你说，你们一星期干几次？看，说不出来吧，看脸就知道你只能用手。"

无论其他人说什么，男孩都毫不退缩，不使用暴力，只凭一张嘴，用直觉寻找怎么让对方的自尊心受伤。这么多大人都敌不过一个小男孩。有人从最开始就退后低头不说话，有人假装什么都没看见。男孩用瘦弱的肩膀劈开巴士内的空气，慢慢向车尾座位走过来，手里拿着一个大纸袋。这个小小的存在，手握独裁政权，让大人下跪，从后面挥刀将大人们一一斩首也不是不可能的吧。如果成真了，那么沉默着没有上前制止的大人们也有责任吗？

我有些紧张，内心还是平静的。仿佛自己是一个刚从火星掉到地球上的观察员。周围之人不是将视线挪向窗外，就是低头翻找包里的东西，不和男孩对视。我一直看着男孩，视线和他对接上之后始终没有挪开，故意没做出什么反应，仿佛男孩不在那里，仿佛我的视线穿过他的身体，落入他身后的空气里。少年愣了一下，随即匆忙说出一段模仿中国话发音的话，又用德语说道"回你的中国吧"。我面无表情，凝视着男孩的眼睛。不温柔，也不生气，只用一种放空了自我的目光笔直地盯着他，男孩畏缩了。过了良久，我忽然露出微笑，并非出自我意志的微笑。男孩也跟着我不由自主地咧嘴笑了出来，问我住在哪里。我说：

"我住在易北河畔，你也住在那一带？"

"没有，我住 O 地区，监狱旁边。"我忽然惊觉，我心里在希望他就是那个偷我包裹的邻家少年。可惜 O 监狱离易北河太远了。

"袋子里装着什么？"我问。

男孩立刻打开袋子，直率得令人害怕："今天在学校做了影绘呢！"袋子里是一个纸箱壳做成的狼面具。男孩抚摸着面具，手指短短的，胖乎乎的，我全心全意地看着。

之后又过了几天，我去河畔散步。距离巴士站不远的河畔，有一处船只改建成的咖啡馆。我和一位奥地利戏剧顾问约好在那里见面。我很兴奋，想着或许他会邀请我写话剧剧本。我还没写过剧本呢。久不下雨的天气里，河畔沙子太干，走路会一步一陷，不过前天夜里下了雨，沙子湿漉漉，咯吱吱的。一羽海鸥划过低空，扭头斜视我。船内空气凝滞，我任由身体跟随船一起轻微摇晃，心情开始变得不稳。我在最里面的临窗座位坐下，要了咖啡。从这里能一直看到远处白沙覆盖的河岸。也许因为这里离山太远，离海很近，所以河畔没有碎石，只遍布白沙。不过，大海也远在百公里外，和山更隔了几倍远。

一杯虽然苦却没有香气的咖啡装在马桶似的雪白杯子里端了上来。约好的时间已过十五分钟，也许戏剧顾问不来了。隔窗能看见在河畔散步的人，有些像是恋人，依偎着漫步。一个高个子男人在遛狗。

　　走过来的两个人像是一对父子，父亲牵着儿子的手。我凝神细看，父亲很像 M 先生，那么孩子就是那小偷。没错，就是 M 先生。我想看清孩子的脸。那是一张被茶色卷毛镶边儿的瓜子脸，小小的嘴唇燃烧着炽红之火，他低着头，长长的睫毛掩住了瞳仁。这小孩任由父亲拉着手，肩膀低垂，心不在焉地迈着不安定的步子，那张苍白而神秘的小脸在阴云密布的天空下显得格外明亮触目。

3

我不禁想象自己

被囚禁在钢筋水泥墙内。

这是我青春期以来

一直治不好的怪癖。

那之后，犯人来过我家一次，我刚巧不在。A给犯人开了门，站着说了一会儿话。根据与我同住的A女士当天晚上的话，情况是这样的：

　　犯人三十三岁，这一点他在信上告诉过我；他叫弗莱姆特，但A把这个名字读出了音，我听到后莫名感到一种有血有肉的真实；弗莱姆特因为杀害过不止一个人，被判终身监禁，那天获得了外出许可，所以来了我家。外出许可无法提前知道，而且他没有坐车的钱，便从监狱步行了两小时抵达。他衷心想看易北河的景色，甚至忘记了脚痛。他说，过去他当拳击手时，对自己的腿脚很有自信，没想到住进监狱后竟变得如此羸弱，日语还在继续学，他经常回忆起那一日。

A听完他的话，让他在门口等着，去厨房给他做了三明治，还给了他回去的车钱和买咖啡的钱。

我迎来了一个觅不到梦乡入口的夜晚。我对德国刑法一无所知，听到终身监禁也能获得外出许可很是惊讶，这惊讶随着夜深，渐渐变成了安心。

我不禁想象自己被囚禁在钢筋水泥墙内。这是我青春期以来一直治不好的怪癖。我发现自己身在四面裸墙正中，天花板很高，只在遥远的上方有个格子栏杆小窗。天空被小窗切割成四方形，那么渺小的四方，几乎不存在云从那里曳过的可能性。我在听不到人声的空间中醒来，在听不到他人刀叉碰撞声的空寂里吃了午饭，等待晚饭的到来，食欲全无。如果不是黎明前和日落后有两段黑暗，我将被这毫无分别的苍白时间压垮。不过就算被判终身监禁，被关入这样的单人牢房，也还是能获得外出许可的，能跟随老师学习外语，人活着所必需的自由并未丧失。

我在日本时，从未考虑过自己有被捕的可能性，认为自己与监狱无缘。跨越国境来到外面，也以为只要不犯罪，日本护照就是一种安全保障。或者说，我根本没有做坏事的想法，为了恪守法律，我宁可忍耐饥寒。我全心全意地认为，这样的我不可能被捕。

在 A 的转述中，弗莱姆特毫不犹豫地说出他杀过几个人。看来他没有受到良心的苛责。也许实际上他没有杀，也许他认为自己有正当理由。

那年有过一桩事件，新纳粹[1]组织纵火烧了移民居住的公寓，来不及逃生的死者里有越南人的孩子。大学研究室里，学生们在午休时间鼓动着鼻翼兴奋地谈论这件事，有人用谴责的表情看着我，认为我与受害者同是亚洲人，居然这么平心静气。看来，我不说话也成了罪过。

还可以这么设想。假设弗莱姆特的朋友里有越南人，这人有个五岁男孩。弗莱姆特非常喜欢这孩子，经常和小孩玩。有一天越南人的公寓横遭纵火，五岁男孩未能逃生，死于大火。弗莱姆特在电话中得知小孩之死，得知纵火犯十有八九是新纳粹组织，他脑子里一片空白，不顾一切地冲进新纳粹常去的酒馆，一言不发，抓住一个佩戴着纳粹万字符的皮夹克揍了上去。更正确地说，他揍的不是皮夹克，他的拳头从下

---

1 新纳粹主义指第二次世界大战结束后兴起的意图延续纳粹主义精神和行为的政治思潮或运动。

往上击中了一个人的下颌。被揍的年轻人从栖枝上向后斜落，运气不好砸中了后脑勺，就那么死了。青年的同伙见状，从弗莱姆特身后扳他的肩膀，想殴打弗莱姆特的脸。怒火攻心的弗莱姆特没有回头，只用尽全力挥舞了拳头，对方运气不好，被拳头打中眼球，不由得蜷缩到了地板上。第三个新纳粹见状掏出匕首扑向弗莱姆特，两人为争夺匕首扭打成一团时，匕首刺中了新纳粹青年的脖子。虽然没有预谋的杀人一般不会被判终身监禁，不过弗莱姆特以前练过拳击，那天上衣口袋里有一把匕首，这些都对他不利。他随身携带的匕首并不是真正的血刀，但他持有这把匕首的事实被认定为预谋杀人的证据。当然，这一切都是我的空想而已。我对弗莱姆特一无所知。

在现代文学课上，我读了纳齐姆·希克梅特[1]的诗。他是一位于一九六三年升入云国的土耳其诗人。学校的研究室总是选用在世作家的作品，云国作家一般没

---

[1] 纳齐姆·希克梅特（Nazim Hikmet，1902—1963），土耳其诗人，代表作品《致塔兰塔·巴布的信》《我的同胞们的群像》。1938年因所谓煽动军队叛变和宣传共产主义颠覆国家，被判刑28年零4个月。1950年获赦后，逃往苏联，最终在莫斯科病故。

有机会出场，可希克梅特的诗却被选中了。

希克梅特在做教师时，加入了当时被判为非法组织的土耳其共产党，二十世纪三十年代末被捕，被判处二十八年监禁。学友在研究室里发表了希克梅特和八十年代以后在德国写作的土耳其移民作家的作品比较，可是我听到二十八年这个数字，思考便停在上面，没再听进去学友的论述。

当一个人得知自己还能活二十八年时，他会感觉这像刑期吗？即使此人是自由的，并无特别的痛苦，因为有时间限制，真的没有被囚禁的感觉吗？二十八年。对犯人来说，二十八年之后，等待他的是自由。与此相比，生命只剩下二十八年的人，无论怎样度过这二十八年，最终迎来的都是死亡。所以，与其考虑自己总有一天会死，不如把自己当作囚犯，就当度过二十八年之后，就能获得自由。

希克梅特在狱中用土耳其语写诗，用土耳其语翻译托尔斯泰的《战争与和平》。如果我死期将至，或者被关进监狱，我会每天写一首诗，翻译一页别人的小说。我觉得只要这么做了，我就不会因为痛苦而喘不上气，不会灰心丧气地希望生命尽早结束。

研究室使用的教室缺乏色彩，脏污而寂寥。人们叹息着说"因为这是七十年代建的"，仿佛七十年代是该为此负责之人的名字。在我的想象中，也许监狱的墙就是这副样子。但是大学和监狱毫无相似之处。因为大学没有足够的教师，我们不会一直被关在同一栋楼里，而会去附近的咖啡馆做小组讨论。如果天气好，还会在草坪上上课。我们没有必修课，没有期末考试，没有考勤，学生不想上哪门课，不去也可以。德国的文科学生太多，学校也很为难，所以不来上课的人越多，学校反而越轻松。所有大学都是公立，学费免除。不用说，住监狱也是免费的。

一座十四层的大楼被称为"哲学塔"，德国文学系在四层。大楼门口有一排厚重的玻璃门。即使是无风的日子，此处风势也强劲。汉堡是港口城市，经常刮大风。然而城中无风时，只有此处狂风大作，而且辨不清风向，只知是从四面八方而来的狂暴旋风。我总是低着头，抬起左胳膊护住脸，右手推开沉重的玻璃门。一进去，就有无数政治青年不知从何处伸出手来，递给我传单。大楼正面的厚重玻璃门对面是电梯。我被囚禁在那个灰色盒子里，随着盒子上升，看着盒子内壁铺天盖地的文字。一张又一张海报被贴上，又被胡乱扯下，红红绿绿破破烂烂的纸片上残留着迷失家园的文字，孤零而不知所云。

坐电梯到四层，出来后推开玻璃门，走进贴着告示的狭窄走廊。墙上贴着一排教授的名牌，牌下用图钉钉着各种通知。走廊可以左拐，可以右拐，如果从云上俯瞰哲学塔，应是一个 H 形，走廊恰好是 H 当中的横杠。向左前行，右拐，尽头是图书室。一进去就会被图书室独特的静寂包围。书籍纸张蕴含着温暖，吸走了以人体湿气形式蒸发而出的沮丧和焦虑。

我游走在书架间的窄缝里，越走越深，走进温柔的光之中，眯细眼睛，用视线抚摸林立的书脊。这时，我能听见某本书在不停地呼唤我。我把它抽出来，拿到阅览桌前贪婪地翻看。每次寻找研究室需要阅读的书前，我总是用这种方法读一本无关的书。奇妙的是，无论多么无关的书，"关系"总会随后追过来。就像在神社寺庙抽签。无论抽中哪支，都有说中的部分。神签文字也许就是这么写成的，书也一样。

那天，一本名为《身在监狱也有自由》的书如同长着薄翅的小虫，映入了我的视网膜。抽出来看，封面是一张单人牢房的黑白照片，朦胧不清，几乎像水墨画，甚至有种冥思的气质。拱形天花板让人想起天主教修士的房间。带着格子栅栏的小窗。固定在墙上的无腿小桌。折叠式铁床是没有床垫的一架骨架。也许是谁离开后的牢房，也许是谁马上要被关进来。除了小窗户，没有其他光可以进入的开口。一缕光湿淋淋地淌在床和一小块地板上，简直就像一个熟睡的人骤然遭遇了达利的炽烈，黏稠地溶化在了地板上。右侧墙壁上浮现出一片巨大的水蛭形状的光，左侧墙壁上的黑洞是什么洞？我莫名在意。

"说起监狱文学，人们会想起陀思妥耶夫斯基和热内[1]。为什么德语国家的监狱文学无人问津呢。"

我无法回答本书序言提出的这个问题。德语国家的监狱并不比法语国家的少。无数本书里都有囚徒爬出来。十八世纪的普鲁士，激怒了国王的上尉被铁圈束颈，监狱不与食物，他只能蜷缩在牢房里。诸如此类的情节虽然残酷，却是早已过去的故事，我能安心阅读。不知不觉中，我读到现代，出现了 Z 的名字。

1　让·热内(1910—1986)，法国小说家、剧作家，代表作《小偷日记》《女仆》。

Z 还不是云国人，未被加上死亡日期。我感觉 Z 好像要突然从书里跳出来，连忙惊慌失措地合上了书。然后想起了安川杉夫。几天前，学校食堂的意面太难吃了，为了转移注意力，我一边吃一边翻看岩波文库。这时有个日本留学生和我打招呼，他就是安川。我们聊了一些事，安川轻笑着说："我的居留许可已经过期了，等我有了空闲时间，打算去外国人管理局看一看，到时候他们会体谅我吧？"我急忙回答说："不行，你这样不行的。"

这时，与我同一个研究室的土耳其同学路过，打断了我们的对话。我没能告诉安川，签证过期会带来大麻烦。而且我没问安川的联系方式，如果安川被遣返，我也有责任。

在那一刻，Z 的一行诗飞进我眼中。

"我说，好吧。对你们来说，我是囚犯，你们只有当我早就死了，否则不会为我做任何事，即使你们保证要做，也仅仅是在戏台上说说而已。"

无论是喜欢热内的人，还是喜欢陀思妥耶夫斯基的人，一旦他们的朋友锒铛入狱，他们能做的事就是划清关系，不管朋友是不是被冤枉了，还是以某种方式触犯了法律，在道德层面上有没有辩解余地，都不重要。朋友就是朋友，虽是朋友，他们也会假装看不见。

我想更深地了解 Z，于是去到按字母顺序排列的现代作家书架的最后，搜寻 Z 的书。找到一本难称为书的硕士论文，作者有着非常常见的名字"施密特"，他将自己的一本论文捐赠给了图书室。打字机打出的文字经过复印，被摩擦得片段不清，显得上气不接下气，仿佛在口齿不清地诉说着什么，反而激发了我的阅读欲。

Z 是弗莱堡人，离开家后住在鲁尔。二十岁时因拒服兵役搬到柏林。施密特在论文中写道，Z 因拒服兵役被视为危险人物。因为当时"拒服兵役是基本人权"的理念尚未在社会上普及。

Z 没有默不作声地拒服兵役，他公开宣称，"我没有服从波恩帝国主义政府的义务"。施密特在论文里断言："这种小插曲后来都被利用了，Z 被捏造成了一个危险人物。"

Z 的第一宗罪是印制海报。印制海报也是犯罪，也许人们会想，我们有言论自由，无论印制什么海报，都是我们的自由啊。事实并非如此。据说,公开宣扬政府禁止的行为即犯罪。Z 因为印制了"给所有囚犯自由"的海报,被认为旨在间接支持红军旅[1]。施密特写道。

某日,Z 试图用假身份证租车时,被警察追捕,与两名警察发生枪战,导致一名警察身负重伤。Z 以杀人未遂罪被判处十五年监禁。在单独监禁期间,Z 沉迷于读书和写诗。后来他获准从单人牢房出来,虽然没有单人牢房的压抑和孤独,但 Z 再也写不出东西了。渐渐地,他又获得外出许可,再后来,入狱十年后,他以每天回监狱的方式,开始在邵宾纳剧院做研修员,最后获得了彻底的自由。看到这里,我由衷地松了一口气,啊,太好了。出狱后的 Z 移居牙买加,现在仍住在那里。

那时,我还没拿到德国的永居资格,每年必须有一天在凌晨摸黑去外国人管理局排队,延长签证。很不幸,我第一次拿到签证是在二月,所以每年我都

---

1 联邦德国的恐怖主义组织,简称"RAF"(Rote Armee Fraktion),以南美游击队为榜样,主要活动期为 1970—1998 年。

要在寒冷漆黑的二月清晨去延长签证。哪怕是早晨六点钟来，此处也已排出长队。如果赶早五点钟来，就要在冬寒里站三个小时。外国人管理局大楼的大门早晨八点才开。八点钟过去的话，已经排不到当天的号了。我只能提前两个小时在外面排队。雪天不算太冷，还好说，若是空气凛冽的零下二十度，会冻得骨头和肌肤都不是自己的了。

到了八点，我所在的那一列开始被一点一点吸进大楼。旁边的队列纹丝不动，仿佛被冻住了。无数张低埋在帽子和围巾中的脸犹如一串念珠连绵不绝。排在冻凝队列里的都是无国籍者，他们拿不到本国护照，除了冒险逃进德国之外，别无选择。

进入外国人管理局大楼，先要在前台领取申请书，填写必需事项，然后按照国家的字母顺序去等候室，等待几小时后的叫号。伊朗的打头字母是I，接下来就是J打头的日本，两国人总是共用同一间等候室。我刚在长椅上坐下，旁边的伊朗青年便来搭话。他不问"你从哪里来"，而是"你在汉堡做什么"，我说"做文学"，他立即接问："你喜欢哪个作家？"我喜欢的作家太多了，从中挑了人人都知道的卡夫卡。

"卡夫卡在伊朗也很受欢迎。我也喜欢他。"伊朗青年笑着说，笑脸酷似著名肖像照中的卡夫卡。我惊异了一下再凝神细看，只有那双睁得很大的眼睛和大耳朵很像，骨相迥异。我未做多想，问他："你是伊斯兰教徒？"

"为什么这么问？我喜欢犹太作家，你觉得反常？"他慢慢眨着浓密的睫毛。

"我不是这个意思。"

"我是基督教徒。还是不正常吧？不过你是佛教徒却喜欢卡夫卡，也很奇怪。"

"我不是佛教徒。"

"真的吗？你敢向上帝发誓吗？"

"这世上有上帝吗？"

"你看，你就是佛教徒。"

"才不是呢。"

我们这么说着，时间以四倍速流过，而且没有渐失耐心的痛苦。外国人管理局的大楼里，空气中弥漫着人们的不安，因为能否继续留在德国决定了生死。仅仅是沉默着坐在那里呼吸空气，都会精疲力竭。工作人员夹在上司和移民中间，里外不是人，快要神经衰弱。一个女职员快速穿过走廊，像蜥蜴一样向上伸出前爪，发出裂帛似的尖叫："为什么站在我后面，说你们呢！不要站在我身后。"当然，并没有人站在她身后。

无论哪一国人，如果忘记延长签证，都会变成非法逗留，触犯法律。为什么安川认为日本人会得到例外待遇呢。被认定为犯罪太简单了，即使没有危害他人，只是活着便有可能犯下非法逗留之罪。Z移民牙买加后，瞒着德国大使馆加入了牙买加国籍，后来被剥夺了德国国籍，因为当时德国尚不允许国民拥有双重国籍。

那之后不久，我见到了Z。易北河在不知不觉间变成了穆尔河。我乘坐夜行列车，在奥地利格拉茨¹下车，漫然跟随着陌生人走，看到一条河在城中穿流而过，和明信片上的穆尔河一模一样。高坡之上的钟塔也是明信片上的样子。沿着穆尔河走到"宫殿山酒店"。啊，主办者为我们安排了这么豪华的酒店，我

1　格拉茨是奥地利东南部城市，也是后文施泰尔马克州的首府。穆尔河是多瑙河的支流，南北纵贯格拉茨市区。

一介平民，不是能住进宫殿的身份，我提前一天来了，所以现在还是局外人。我猛烈摇头，想摇落自己的窘境，转身返回了小城中心。

我从汉堡坐了十四小时的列车，来到与斯洛文尼亚接壤的奥地利格拉茨。格拉茨每年有一场"施泰尔马克之秋"国际文化节，负责文学方面的两个年轻人邀请了刚在德国出版了两本书的无名作者我。收到邀请函后我非常惊讶，兴奋过度了，以至于看错时间，预约了早一天的夜行卧铺。深夜，我在火车上几度屈指算日子，怎么都对不上，德国和奥地利之间的国境又不是日期变更线，真不知我自己买票时怎么计算的。我就像一个接过巨大献花而看不见脚下，以至于从舞台跌落的演员，接到邀请后高兴得忘乎所以，买错了票。

今夜该去哪里过夜？我脑海里除了玛丽亚·特蕾莎的名字之外想不出别的。虽然晚上没有着落，我在舞台道具般的街景前驻足不前，感觉没有我能走进去的房子。就连美术馆，也被云幕缝隙里射下的一束似乎意味深长的光照亮，恍若豪华画框镶装的一幅宗教画。四下当然看不见背着行囊穷游的年轻人。我想着如果把钱包里的德国马克兑换成奥地利先令，也许能找回底气，可是找了一圈没看到兑换处。

这里的房子，二层的凉爽木格子窗都敞开着，令我想起地中海。投射在明亮蓝色外墙上的阳光含混、舒缓而温暖，让我想起这里离意大利也不远。顿时，北海和波罗的海变得那么遥远，我感到了不安。旁边小巷里能看见斯拉夫风格的香烟店招牌，隔壁正在擦拭餐馆玻璃门的戴头巾的女人扭过头来看我。我被看见的瞬间，想起了南斯拉夫。无数回忆交错而来，我有些手足无措。

遇到无法解决的问题时，我总喜欢走路，只有想出好主意后才停下脚步。街上还没什么行人，前面走过来一个金发年轻女子"啊"了一声，叫了我的名字。从她的话中，我得知她叫伊丽莎白，还是学生，目前在文化节帮忙，和我通过信。我像遇见了救命天使，诉说了我的麻烦：

"简明扼要地说，就是我早来了一天，不知该怎么办。"

伊丽莎白不理解地歪歪头，反问我：

"你遇到了什么麻烦？"

"今夜我没有地方住宿啊。"

"宫殿山酒店，今晚难道住满了吗？"

"不是，我还没去酒店问，只是路过了一下。那么豪华的酒店，我一晚都住不起。"

"当然是文化节付钱啦，你早来一天，我们只有高兴，完全不是什么麻烦。"

第二天，在一家名叫"虾的地下室"的餐馆举行了受邀作者的见面会。有从捷克过来的莫尼科娃，有搞工人前卫运动的希尔毕西，有刚做完性别重置手术的前女作家舒丁——以前我在全国大报的书评上和大学授课里知道的名字，现在都成了有血有肉的真实同桌人。我身旁坐着一个存在感浓稠的中年男子，我原本没有理他，他劝我喝葡萄酒，我只有改变态度。我说不喝，他用缓慢而严厉的声音问：

"什么，你不喝酒？"

"我没有酒量，不能喝。"

"连啤酒也不行？"

"啤酒也不行。"

"不沾啤酒和葡萄酒的人生太轻松了。"

我听后哑然，主办方的一个青年叫这名中年男子

"布赫先生"，我才知道他就是《太子港的婚礼》的作者。我原本熟知这本书，现在作者骤然出现在我面前，我有些头昏脑涨。

沙拉久久不上来。大家都时刻攥着一杯葡萄酒，偶尔闲谈两句，打发时间。忽然，我和坐在对面的男人对上了视线。这人留着短发，晒得黝黑，颇有肌肉，比其他作家精悍很多。主办方的青年问这人："这次要在德国待多久？""打算住三个星期，已经安排好了很多演讲和朗读会，只有两天空闲。"这人从国外来德国，不过我听不出他的德语有外国口音。坐得离他稍远的当地作家问："没时间休息吧，太忙了，你受得了时差吗？"看来这人住的国家与德国有时差，这么说就是加拿大、美国或中南美，再不然就是新西兰过来的。

端上来的沙拉是生熟蔬菜混合的乡村风味，接着是一道清炖牛肉。南瓜籽榨的油黑乎乎的，仿佛烧焦了。我默不作声地低头吃着，忽然听到当地作家问："牙买加和这里时差几小时？"我愣住了，放下刀叉，从手提包里取出文化节的节目单，确认作家名单。里面有 Z。我抬起头。这人一头短发的下面是一副明朗表情，看不出烦恼，看不出受伤，似乎底下藏着一个小男孩，自信能得到所有人的爱。他真的坐过多年监狱吗？

"时差？我从不考虑什么时差，没计算过。时差这东西，就算你去想了，也无能为力。不过说到时差，你们听说过吗，经常有北欧女人一心想着到了牙买加赶紧找个年轻男人上床，不然就亏了，费劲儿找到当地的小伙子，结果因为时差，干着干着就睡着了。这种女人我就认识一个。"

Z开始讲述一个丹麦女人的事："这金发女人很丰满，皮肤惨白，一身软肉，刚四十岁，有股超越年龄的威严劲儿，找的牙买加小伙子二十出头，瘦高个，晒得又黑，打扮得非常帅。牙买加小伙子觉得如果能抓住一个北欧来的女客结婚，跟着女客回北欧，这辈子就不用为生活发愁了。去牙买加的德国女人不少，丹麦女人更受欢迎。很多牙买加男孩担心自己去了德国会被新纳粹杀死。这些都是偏见，过去我反驳过，现在不反驳了。"

Z只津津有味地讲着牙买加小伙子和丹麦女人的事，仿佛觉得自己的过去没什么意思，不值得一提。

我从一旁也能看出，在座其他作者脸上带着"真无聊"的难掩轻蔑的表情，耳朵却越伸越长，听得入了迷。

我不愿被 Z 看懂表情，不愿被他知道我在图书室里找过他的书，于是继续低着头吃饭。当然，在座的所有人一定都知道 Z。他的公开闹事曾被报纸和杂志大举报道过。不过我来德国时，这些新闻已经没了热度，在图书馆偷偷阅读资料才知道了他。不知什么原因，我为此有点儿心虚。而且我读过的文章在我脑中变换着形状，在不停地播放，浮现后渐渐消失，再次涌上，随波流走，在我梦中有了新轮廓，被提炼，被扭曲，变成了一个不会终结的鲜活故事。我不希望 Z 知道这些，所以始终低头吃着牛肉，不经意间抬起头，与 Z 合上视线。Z 露出可怖的眼神，歪着嘴笑了。

Z 把身份证放到租车公司的柜台上，工作人员米兰达小姐平时只是随便检查，今天却心脏猛跳了一下。过去她接受职业训练时，学习过身份证的真假鉴别，不过她工作以来尚未遭遇过假身份证。现在，一张明显是伪造的证件就摆在她眼前。她抬起头，看着提交身份证的客人的脸，似乎在哪里见过，也许只是错觉。米兰达挤出微笑，指着柜台对面的沙发，对客人说"我们需要复印您的身份证，请在那边的沙发上稍坐一下"，转身走到后面。Z听话地坐下，没有流露出烦恼不安。

米兰达走到后面，扭头确认了沙发上的客人看不见自己，便凑到伏案工作的男同事耳边，快速地小声说："现在坐在沙发上的客人提交了这张伪造身份证。我好像在哪里见过那张脸。也许是通缉犯。你赶快报警。"同事紧张地缩紧了肩膀。米兰达接着走进后面的房间，盯着墙上钟表数时间，心里谋划三分钟后走出房间，要到客人面前说："我们的复印机出了小故障，请您再稍等片刻。"不过墙上的钟没有秒针。

她担心自己的声音会颤抖。犯人会听出她的颤抖，发觉她在撒谎，也许犯人会开枪。她身不由己地做了夸张的想象。米兰达那时还不知道Z真的带着枪。同事正在压低声音报警。墙上的时钟没有秒针，为什么之前没有察觉。她忘记看分针了，无疑已经过了三分钟。不对，越是这种时候，时间过得越慢，再等一下。同事放下话筒向她点点头。

米兰达把身份证放在靠里的桌子上，用文件遮住，空手走出柜台。刚才的客人大张着双腿，将一本封面是比基尼模特的杂志举到脸前假装在看。米兰达看不见他的脸，只留意到他大大张开的双腿之间好像有些鼓胀。

"我们的复印机没有油墨了，刚才得关掉电源更换，让您久等，不好意思，还要请您继续等两分钟。"

米兰达惊异地发现自己正在媚笑。Z对媚笑报以微笑，视线从米兰达的额头一路向下，爬过胸和腰。Z用低沉而爽朗的青年嗓音说：

"没关系，我没有急事。"

米兰达想，犯人的注意力被我的身体吸引过去了，他忘记了自身的危险，在警察到来之前，我就用自己的身体作饵留住他好了。她从前看过类似的带色情意味的悬疑电影，叫什么名字来着？

事件发生之后，有很多年，米兰达每隔几个月就会梦见犯人一次。梦中犯人猛然冲进房间检查了复印机，向她怒吼："哪里坏了，你说说看！"说着将她的脸粗暴地按到复印机上。她喘不过气来，抬起屁股以不自然的姿势扭动身体。启动键被按下，玻璃板下的扫描仪慢慢移动过来。比照相机闪光灯还要强烈数倍的强光照亮她的心事，她想挣扎，已经来不及了，所思所想已被复印出来了，一览无余。

还有一种梦。犯人抱着胳膊站在复印机前监视着她。她必须让犯人相信复印机确实坏了。如果扯下一根线来，机器定然会坏，她把胳膊捅进机器内脏。电流击得她胳膊发麻，但她不能让犯人察觉，脸上还得装作平静。她被自己痛苦之下发出的娇吟惊醒，原来是胳膊被压住了，所以发麻。她还梦见过犯人从身后用一只胳膊卡住她的脖子，拿她当人质。不可思议的是，犯人的手枪对准的不是她的胸，而是她的右耳孔。更加不可思议的是，她完全不害怕，只一心在想，为什么从这个位置看不到挂历。

实际上，警察接到报警后立即赶来了，米兰达听到外面有人叫喊，出去看时，只看见两名警察飞奔出店门时的背影。米兰达心力交瘁地瘫倒在椅子上，走过来询问她"不要紧吧"的同事也脸色惨白如纸。

Z在商店林立的廊街上边跑，边开了枪。玻璃碎了，行人尖叫，一个警察倒下，另一个继续追逐Z，与Z开枪互相射击，最终将Z逼入死角，在Z滚到汽车底下时，扭住了试图挣脱的Z。

Z开了四枪，警察被其中一枪击中，被诊断为"重伤"。Z开了四枪，等于犯了四次杀人未遂罪，至少这是初审时的指控，后来经过重新调查，发现与事实不符。审理过程就像作家构思大纲，Z瞄准追逐他的警察开了一枪，打中了。所以打中橱窗的第二枪只是Z的失手。但是辩护方上诉后，重新调查事件发现，原来是第一枪瞄准了商店橱窗，第二枪打中了警察。辩护方找到的证人也如此作证。之后调查橱窗上的枪击痕迹后发现，从弹痕角度可以判断出，Z开枪时距离橱窗非常近，并非从远处射出的流弹。这样就证明了Z的证言是对的，他为了恐吓警察才瞄准橱窗开了枪。

　　另外，Z自辩说，打中警察的第二枪，原本是瞄准道路射出的，可是子弹从地面反弹到了警察身上。枪支专家用事实证明，Z使用的枪支经常发生扣下扳机后枪口朝上的现象，只有射击老手才能避免这种情况。还有，Z被指控第三枪是瞄准第二个警察射出的，不过警察自己作证，追逐刚刚开始时，警察发觉自己比Z跑得快，可以很轻松地超过Z，于是跑到对面没有行人的人行道上，想先超过Z，从正面抓捕。而Z只一心想逃跑，根本没注意警察已经跑到对面人行道上，他之所以朝着对面开了两枪，是因为对面看上去没人。这就是说，四枪都不是瞄准人的。

即使在我这种外行听来，Z的证言也很有说服力。但对Z的辩护依旧艰难，因为Z的说话口气令所有人憎恶。不仅原本打心眼儿里认为他是恐怖分子的人讨厌他，就连同情他的人也反感他的说话方式，抛弃了他，也许因为这些人的家教都太好了。Z只要不高兴，就见谁咬谁，连站在他这边的人都咬，权威在他眼里不算什么，他对用俯视的态度摆架子耍威风的人毫不留情。因为这个，原本能为Z做出有利证言的人纷纷弃他而去。后来，十几年过去，人们对Z的反感淡薄了，有位作者如此写道：

"对Z的重刑判决，无异于'你的态度太糟糕，不能给你好果子吃'式的杀鸡儆猴，实为对法律的违背，这是人人皆知的事实。那么究竟是什么原因，让这场审判变成了这副样子。思想的自由去了哪里。我们有思想自由，只要不伤害他人，就不构成犯罪。即使思想导致他人负伤，判决也应与无思想背景的判例等同，如若超过，便是违法。"

我祈愿着不要再次与 Z 对上视线，于是不自然地低着头用勺子挖着甜点。Z 给众人讲着去牙买加的欧洲人的滑稽故事，不是讲给特定某个人听，而是让在座所有人都听得兴致勃勃。

A 对我说，你应该去探望弗莱姆特。从前监狱只允许家人探监，现在监狱推行民主化，友人及他人只要提出申请也可以去。确实，既然他都来找我了，自然不会拒绝见面。但我还是有些想不通。我站在玄关，想设想那天他来访时的样子。早已看惯的玄关地毯。被无数双脚踏成一片光滑的花纹上，汗水仿佛被时间收汁成一种既甜又苦的气息正在冉冉升起，我喘不过气来，打开房门呼吸新鲜空气，风席卷着北海的咸味吹了进来。年轻的牧羊犬。被牧羊犬扯着的白色高跟鞋女人从门前走了过去。

那天晚上，A 对我说，从前她和一个被判处终身监禁的年长男人通过信。我还是第一次听她讲这件事。A 至今还保存着他写来的将近三十封信。我犹豫了一下，提出想看，A 迟疑地说："以后吧。"

4

神在别的光亮中吧，

不是我们的眼睛可以认识到的，

所以光凭我们的眼睛

看不出神存在与否。

湿黑的森林，铅灰天空，寒白空气。因为这是一张黑白照片，风貌自然如此。不过我记得真实风景也酷似黑白照片。

　　冬天的云变得像一张纸，跟随着纸云，下界风景也忘记了色彩，假装自己是张黑白照片。

　　照片共有四张。第一张上，我站在一棵粗壮大树旁，眼睛看着镜头没有照到的地面，闪着好奇的光，嘴角牵动着仿佛想诉说什么。树上贴着告示，太模糊了看不清具体内容，有点像狼狗在猎杀鹿。手绘的告示仿佛在提醒人们，狗有扑杀鹿的危险，不能让大型犬在森林里自由奔跑。

　　第二张照片上，有一个高和宽约一米的告示牌，写着此处的地名——"拜恩罗德"，如果不是发生了事件，恐怕我不会二次忆起这个地名。我、沃特豪斯、茨露达、里哈和英格尔特等"临时借来的诗人"围着告示牌站着。我与他们在此时初次相见，在后来的十年中，又因其他工作合作过几次。现在我都觉得不可思议，我们的初次相遇竟然是在这种地方。为我们拍照的是一位名叫赫尔的诗人，照片背后的贴纸上有他在维也纳的地址。下面一行字，是我用圆珠笔写的"一九九〇年"。

我清楚地记得，这些照片是我应邀去参加在大众汽车大本营沃尔夫斯堡举办的文学节时拍的。明明去的是沃尔夫斯堡，不知为何拍的却是拜恩罗德，我也一下子想不起来缘由。

这些照片出奇的地方是，同一张照片上左右罗列着同样的场景。并非互成镜像，因为排列方向相同。我总是下意识地寻找左右有何不同，无论怎么看，左右都一样。

通常，右眼看见的图像与左眼看到的相同，合二为一，由此图像变得立体。假设左眼和右眼看到的图像无法重合，各看到一个世界，又将如何呢？也许心情反而会变轻松吧。即使一只被撕裂了腹部的鹿就倒在眼前，如果不想看，就可以再看一遍旁边的无鹿图像，由此分不清哪个图像才是真的，也许就可以省去痛心了。

文学节是沃尔夫斯堡的几位高中老师策划的，虽说是文学节，只举办一天，黄昏时分，应邀而来的诗人在高中的小礼堂轮流朗读诗作而已。没有"节"常见的热闹音乐和喝酒吃饭。

一个男老师和一个女老师开着他们自己的车来火车站接我们。一辆红色大众 Polo，一辆蓝色大众高尔夫。男老师穿着一件老鹰图案的鼓鼓囊囊的羊毛厚毛衣，我下意识地看着那只鹰，老师微笑着说："请放心，不是秃鹫。"

应邀而来的诗人来自四面八方，从瑞士、奥地利、德国北方来到沃尔夫斯堡。为了能在相近的时间段里抵达车站，组织者在信上详细指定了我们该乘坐的车次，让我们抵达后在车站咖啡馆里等候。鹰老师说话温文尔雅，不过多少带点儿命令学生似的温和的强硬。

载着我们的两辆车从站前广场出发，轻快地穿过城市，在不时出现的树林间提高了车速。我贪婪地看着外面刚收割过的麦田，落叶飘飘的林荫道，泛着阴郁绿色的松柏森林。最后，车在一座灰蒙蒙的房子前停下了。

一个身材魁梧的女人为我们拉开车门，她用一件洗得雪白，甚至白到带着几分挑衅的围裙武装着身体，表情严峻，两只大手抓着钥匙，愣愣地杵到我们眼前。虽然我们是客人，可是鹰先生对她一个劲儿点头哈腰，显得十分讨好。"半小时后在门口集合"，鹰老师说完，我们各自取了钥匙，开始寻找自己的房间。

房间门太薄了，走廊里诗人同行的说话声一清二楚。

"不是我发牢骚，我只是不擅长做这种事，我知道活动只有一天，但我还是不行，光在这里待着就心情暗淡。而且今天不仅仅是兴致不高，我感觉自己的心情已经沉落到了非常暗深的地方。"一个甜腻的声音气哼哼地如此说道。

"对不起，我也知道这座旅馆谈不上舒适，不过您也知道，这次的文学节几乎没有预算，自然也无法支付住宿费，我们向很多旅馆求助，但没有一家愿意提供赞助。"

一个彬彬有礼同时口气坚决的声音传来，想必是让鹰在毛衣上翱翔的那位老师。发牢骚的诗人看上去比我年长二十岁，可以看出家境优越，也许被此处的寒酸伤了自尊。

粗陋的灰色墙壁，冰冷的铁床，褪色的寝具，虽然还未到牢房的程度，不过确实是为无脸人准备的最简陋房间。

坐在床上无事可做，只会让人心情不好，我漫然走出房间。走廊为了节约暖气，温度设置得很低，弥漫着轻微的消毒剂、洗衣粉和氨水混合在一起的寂寥气息。

走廊尽头是一间青年旅馆食堂似的房间，每张餐桌都铺着纸做的红色桌布，正中央摆着不合时节的假番红花。

"您是住宿的客人吧？"

我闻声回头，看到一位满头光泽银发的女士坐在轮椅上，正从门后看着我。

"高中老师请求我们帮忙，说是诗人们要来。欢迎欢迎。您知道这所阿尔塔斯海姆的历史吗？"

这时，我难掩惊讶，不由得屏住了呼吸。这惊讶虽然微小，却有钉尖般的锐感。阿尔塔斯海姆，即老人之家。原来此处是一所福利设施。

"这座城里有一位非常了不起的牧师，他夫人更加了不起，推进了很多公益事业。这里就是夫人集资建成的。我们为能在这里生活，感到自豪。牧师夫妇信仰笃定，深受人们的尊敬和仰慕。"

我不知如何作答，匆忙点头致意，回了自己的房间。

我感觉有点儿上当受骗，既然是养老院，在信中直说就好了，为什么暗示是旅馆呢？我犹豫着要不要生气，从包里取出主办者的书信，重新读了一遍。信上说，住宿设施名叫"援手之家"，位于沃尔夫斯堡郊外的拜恩罗德。看来他们无意欺骗。信上没有写旅馆，"援手之家"确实不像旅馆的名字。这座城市因汽车工业而繁荣，甚至给某路起名为"保时捷大道"，若有同类名字的酒店就好了。

我带着一撮好奇心，和一束说不清理由的不安，再次走出房间。走廊墙上挂着镶在镜框里的大照片，照片上的人都在开怀大笑，仿佛摄影师说了一个精彩的笑话。桌上放着一个插着蜡烛的圆蛋糕，应该是谁的生日派对。我的视线停留在一个气质高雅的女士脸上不舍得离开。她高鼻深目，姿态端正，深绿色长裙的外面套着褐色上衣，显得雅致而富有活力，只有挂在脖颈上的正统珍珠项链显得不情不愿气哼哼的。

看了看表，我发现已经到了集合时间，同时发现上衣上有一块咖啡污渍。这是常事。我匆忙回房间，在咖啡渍上涂了肥皂，用湿手帕轻拍，咖啡渍没有被拍掉，反而变大了。我平时在家时，会用一种名叫"污渍恶魔"除污剂，现在手边没有。我一想起"污渍恶魔"这个名字，这串字母便像污渍似的浸染了大脑，除不掉了。为什么要用恶魔这个词？和恶魔有什么关系？难道在说一切污渍都是恶魔的精液吗。有一次我发现裙子上有块污渍，生怕被其他人看到，感觉会被人以为我隐藏了与恶魔交媾的秘密，这让我恐慌又羞惭。

远处传来"到时间了"的话语声，我匆忙赶过去，门口只站着刚才的两位高中老师，诗人们还没出来。

"活动是八点开始，对吧？"我问。

"想带你们看看附近的风景，所以提前出发。你们会惊讶地发现，工业城市的郊外竟然保留着大片自然风景，值得一看的。只要有时间，我也会带着学生去散步。"老师兴致勃勃地说。

这时，我看见一个身穿草绿色裙子，披着褐色披肩的女性，正是方才照片上的那位。她体态笔直，头发和指甲都打理得很精致，不过，她身上还有一种与打扮不相符的颓唐气息。

"此处就是这位女士建造的。"鹰老师说。

"我没有建造，只是协力罢了。"女士委婉地否定了，口气谦虚。

许多高中生、高中生父母以及附近居民都来参加了晚上的朗诵会，气氛轻松而热烈。老师在鹰毛衣外披了一件落叶色的灯芯绒外套，对着大约一百人的听众兴奋地讲"何为语言的实验""实验文学有没有社会意义""诗的趣味在哪里"，或许他太兴奋了，他讲着讲着，呼吸开始紊乱，在不该停顿的地方停住，一番发言七零八落。

朗诵会结束后，众人去喝酒，鹰老师冲到头顶的热血依旧未见降下，说出的话，中间不带停顿标点。诗人们一脸不耐烦好像已经听厌了，谁都不接茬。鹰老师只好抓住坐在旁边的我：

"这里是一座纯粹的汽车工业城市，无论是高中生还是其他大人，基本上没有机会接触同时代的文学，实在太可惜了。以前我就和同事商量要搞文化活动。因为我在柏林的朋友认为沃尔夫斯堡只有产业，没有文化。我很不甘心。"

听到这番话，我正对面的女老师神经质地做出反应，仿佛在自我辩解：

"不能说完全没有文化，大家都知道，这里盛行现代美术，有一座著名的现代美术馆。"

"但是说到文学，这里是有待耕耘的土地。"鹰老师这么说着，犹如被自己的尖锐高声感染了，"这座城市被认为没有文化，我岂能坐视不管！"

他双手抱胸站起来。我以为他在撒酒疯，不由得看了他的酒杯，众人从最开始就在喝葡萄酒，鹰老师始终喝的是水。女老师也滴酒未沾。

"你们都不喝酒啊，这儿不愧是汽车之城"，我半开玩笑地说。鹰老师站起来径直去了洗手间，女老师忧心忡忡地望着外面的停车场，看来两人都没听见我的笑话。我跟着她的视线望出去，一个大块头男人搂着女人的肩，正要钻进一辆比夜晚还黑的车。我不知该和女老师说什么话，就在我们对上视线的瞬间，我问了一个完全无关的问题：

"那辆高档车是什么牌子的？"

"大众的辉腾（Phaeton）。"

"哦，Phaethon？就是希腊神话里的法厄同吗？他想驾驶的不是大众，而是父亲的太阳车，结果从天上掉下来了，对吧？坠落的太阳车引发了大火灾，用这个典故命名汽车不太合适吧。"

"我对学生们说过很多次，不要被神话欺骗了，不能驾驶意味着不是父亲的亲生子，这是谎言。"

女老师嘴巴做出笑的形状，鱼腹般亮白的眼睛里没有丝毫笑意，这段怪异尴尬的对话我至今都记得。

老师们把我们送回住处时已经过了半夜，鹰老师脸上带着兴奋的潮红，脸都笑皱了，无数次向我们致谢，后来几乎是被女老师拽走的。我们也立刻回了房间。刷牙时一直能听到两个诗人同行在走廊里说话：

"就算没有预算，让我们住养老院也太过分了。"

"不是的，这儿不完全是养老院，空出来的房间是对外营业的。"

如果不是几年后再次在报纸上看到"拜恩罗德"这个地名，我几乎忘记了这次怪异的住宿。那天，我在特快列车上闲得无聊，从座位网袋中取出报纸翻看解闷儿。这个地名如同一阵狂风骤然闯进我的脑海，我干涸了的脑叶险些被扯掉一层。报道的大意是：下萨克森州拜恩罗德的深受尊重的牧师杀害了妻子，蚂蚁在破案过程中立了大功。

　　拜恩罗德，我不确定是不是这个地名。告示牌周围站立的诗人。鹿皮色的晚秋。赫尔拍的照片。回到家后我立即翻箱倒柜找出了照片，告示牌上确实写着"拜恩罗德"。我在那所养老院住了一夜。说不定就是建造了那所养老院的女人被杀害了。那时确实有人说，她是牧师的妻子，深受民众尊敬。对了，还有那么几秒钟，有人为我们两个做了介绍。我目睹过她的身姿。破碎的记忆画面徐徐飘下，心中沸腾起了热烈的水泡，我感到胸闷，后悔没把列车上的报纸带回来。报纸上好像写着蚂蚁怎样怎样，究竟关蚂蚁什么事。躺倒后，感觉几只蚂蚁在脑海角落里徘徊隐现，我辗转难眠。

　　海风吹过来了。四周没有山，没有高大建筑，放眼望去，四下是无垠的平地，一部分盛开着燃烧成一片鲜黄的油菜花。那个星期天，我和 A 拜访了从汉堡搬到基尔的女友吉蒙娜。吉蒙娜星期天要上班，我和 A 以远足的心情去了吉蒙娜工作的基尔郊外的一家养老院。

"油菜花田真漂亮"，A 说。A 似乎对油菜花田格外有感情。端上来的咖啡非常苦。吉蒙娜眨眨眼，小声说出实话：

"和热闹都市相比，还是这种乡下能让老年人心情放松。不过，我有时候得去买买东西，去去咖啡馆，才能解闷。"

"你想回大城市吗？"

"嗯，如果你问我想不想回，说实话，我不太想回去。城市太累。门外永远响着交通噪声。推销员没完没了地按响门铃。一个人住的话，无论怎样，都感到很孤立。每天打开公寓门时，我都在想自己照顾的那个老人如果死在房间里了可怎么办。有时候厨房里落着死苍蝇，明明知道那不是厩螫蝇，我还是会恐慌症发作，想赶快收拾干净。你们记得那个事件吗？警察通过厩螫蝇断定了某个老人是遭遗弃致死。"

我和 A 沉默着摇摇头，表示不记得。吉蒙娜告诉我们，一个卧床不起的独居老人被发现死在公寓里。签约负责照顾老人的看护公司表示，他们每天都派人上门照顾，但是警察在死者房间里发现了死掉的厕蝇蝇，由此证明老人长期无人照顾，是遗弃致死，由此追究了看护公司的法律责任。

"破案人使用了生物学理论调查案件，据说这种人被称为生物犯罪学学者。我以前根本不知道还有这种职业。"

"生物犯罪学？调查动物犯罪吗？比如找出偷鸡的真凶是狐狸，这种的？"

"这种不是犯罪。"

"为什么不是？"

"罪只有人才犯。"

"那动物干什么坏事都没关系？"

"动物干不了坏事呀。人类认为动物干了坏事，可是动物不区分善恶。"

"有的人也不分善恶，说起来还是一样。"

"但是人在干坏事时，心里是一清二楚的呀，所以有承担责任的义务。"

"那，这个生物犯罪学究竟是什么啊。"

"使用生物学知识破案。这个专家据说还在美国艾夫必爱[1]学习过呢。"

"怪吓人的。"

"一点都不。他是卧床不起的老人之友哦。"

"说到死苍蝇，我家有时候也有。你知道，尤其是深秋季节，窗户下面经常落着死苍蝇。"

"厩螫蝇可不是普通的苍蝇。据说很特殊。"

"是不是如果长期没人处理排泄物，就会滋生厩螫蝇？"

"我也不清楚。据说厩螫蝇会吸人和马匹的血，所以只要调查它胃里残留的血，就能找到证据。"

"昆虫这东西，种类又多，个性又强啊。"

"不过，就算这个案子破了，其实能用生物学破解的案子并不多吧。从事这种特殊工作的人养得活自己吗？五年才有一次出场机会吧？"

我们三个人随心所欲，七嘴八舌，有的没的，天上地下，聊得很快活。

---

1 原文如此，应指 FBI（美国联邦调查局）。

"听说，警察在调查过目击了杀人现场的猫的大脑后，发现猫见到血后受到了强烈刺激。还有，只要调查鹦鹉吃了多少东西，就能分析出被告人当天在不在家。"

"怎么可能呢！"

"哺乳类和鸟类当不了证人，起不到多大作用，还是虫子最可信赖。"

我们你一句我一句说着这些，笑着赶走了心中最后一抹不安，就在此时，春风轻抚了我们的脸颊，远处一个瘦弱女人拄着拐杖，细腿拖曳着沉重的步子朝这边走过来，她眼角带着微笑，身上的连衣裙花纹在微笑，吉蒙娜赶忙换回工作时的表情，像弹跳人偶一样从椅子上弹起，双手前伸去迎接她，嘴里说着："你怎么了？"

当咖啡特别苦涩时，我会觉得里面下了毒。所以每次喝到苦咖啡的情景都记得很清楚。阿尔斯特湖是汉堡正中的人工湖，到了周末，湖上漂着五颜六色的小船。那天，在能眺望湖水的咖啡馆露台上，我和从东京过来的熟人喝了苦咖啡。他是我同学的同事，我们互相了解得不深。他在游戏机制造公司工作，来德国出差，顺便来看我。据说他女儿快要上幼儿园了。一旁的纸袋里，他从附近玩具店买的大绒布熊探出头来。行人忽然少下来，海鸥们犹如鼓掌一样齐齐飞走，坐在邻桌的两个年轻男人的对话忽然变得清晰可闻。他们在谈最近看了什么书。东京过来的熟人不善言辞，我问什么，他只简短地回答一句，所以邻桌顺畅连贯的对话吸引了我的注意力。

水面上两只天鹅无声地轻滑而过，也许它们在人们看不到的水面之下用脚拼命划着水，不过脸上全然不显辛苦，喙微微上扬，一派优雅安详。熟人看到天鹅，惊呼："是真的啊！"这句缺乏主语的日语冉冉上升，被春日的太阳吸收了。邻桌对话再次传到我耳中。

"那个案子太有名了，拿蚂蚁当重要证据才破了案，人人皆知，书上还写了其他案子，也是靠虫子破的案。那个弃管老人的案子听上去没什么惊人的，不过，重要证据居然是厕蝇，这一点就令人震惊。"

"蚂蚁案？是那个牧师杀妻事件吗？"

"对。"

"关注点是虫子，这个角度很有意思。"

"警察调查了土壤，发现里面有死蚂蚁，当然就会关注蚂蚁了。如果从里面发现了狐狸粪，也许会追踪狐狸呢。土壤知道无数秘密。"

"犯人肯定很吃惊，没想到泥土里也有证人。"

"别看蚂蚁弱小不起眼，不说话，实际上相当能干，可不能小看。"

"听说判了八年。"

入秋后，敦敦实实盘踞在勃拉姆斯广场旁的音乐厅的墙色与夏季时曾显冷淡的街树叶色达成和解，渐渐协调地融到一起。行人们也在日渐短去的日照时间里焦急地走上街头，汇成摩肩接踵的人流。只有音乐厅对面的玲珑小街，从过去到现在，时间是静止的。街名里有一条按住身影隐居的龙。紧缩着肩膀互相贴站在一起的红砖楼沐浴在夕阳里，恍若电影中的假布景。那里一家咖啡馆有个奇怪的名字——"终于咖啡"。终于，就是"啊，终于解脱了重负"的终于。背对着仿佛能割伤皮肤的薄刃般的秋光快步走进这家店，就能看见柜台内部弥散着天鹅绒般静谧的暗，于白昼间显出了深夜酒馆的气质。人们可以投入暗的怀抱暂作停留，也可以穿越而过，进到虽然狭窄却阳光普照的中庭里。

那天，中庭里坐着两个女人。她们低头衔住麦管，犹如吸食花蜜的蜂。随着冬日渐近，越来越多的人用黑色和灰色隐藏身体，而这两人穿着橘红和黄和紫。我要了一杯浓咖啡，把后背贴到墙上。为我端来浓咖啡的年轻女侍返回柜台擦拭着杯子，她肤色雪白，留着短寸头，乳房丰满。

不一会儿，进来两个手拉着手的女孩，看似学生。一人厚硬头发剃得短而糙，一人留着细软的长发。两人的头发都是染黑的，衣服也上下全黑。

"去老座位吧。"

"因循守旧会减弱性爱能力。"

"除了政治之外，我是保守派。就想在老位子上喝同一种东西。"

两人表情严肃地交谈，转瞬间占据了我的邻桌，要了卡布奇诺。咖啡端上来，她们本可以老老实实地喝，可是偏不，仿佛不向外人炫耀自己常喝这个绝不罢休，非常吵闹。虽然她们的对话里没有丝毫自我欺瞒和甜腻软弱，但充溢着按捺不住的自我显示欲，只在近旁坐着都觉得她们聒噪。也许因为这个，最初我没留意她们在说什么，自从偶然间听到"牧师"这个词，两人的对话才开始源源不断地涌进我的耳朵。

"如果我们用道德的眼光去批判牧师的出轨行为，才真正可笑呢。"

"但是他在杀死妻子的当天晚上，就从汉堡叫来情人，睡在原本和妻子睡的那张床上了呀。"

"真恶心，像电视剧。"

"哪里像了。"

"电视剧里犯人杀人后，肯定要和女人上床的嘛。"

"话不能说死吧。"

"八九不离十的。"

"你又没电视，怎么知道这些的？"

"这种事我还是知道的。"

"反正就难以置信，牧师第二天还睡了别的女人，第三天又叫来了汉堡情人。"

"他一共几个女人啊。"

"听说特别多。妻子也有大量情人。牧师说，这是他们夫妻双方都同意了的。不对，牧师作证时的用词更怪异。好像是，关于这个问题，我们作为一对成熟的夫妇，以成年人的态度看待了这件事。但是根据妻子的好友，沃尔夫斯堡的一个高中老师的证言，妻子很苦恼，想提出离婚。如今这个时代，百分之三十的夫妇会离婚，所以对普通人来说，出轨和离婚都不是什么惊人的新鲜事。毕竟这对夫妻是小城的守护神，他们如果离了婚，众人肯定会惊讶，会想知道原因。牧师出轨不止一次，他和许多女人分阶段保持了长年关系。这对信徒来说无疑是丑闻。牧师的岳父是教会里的权威人物，牧师惹怒岳父就麻烦了。"

"妻子提出离婚，牧师就把她杀了？"

"媒体是这么报道的。不过这些记者太不像话了，光津津有味地写了破案的蚂蚁，至于最关键的夫妻关系，你猜他们怎么写的？"

"我猜不出。"

"他们居然写，所谓夫妻，就是一种敌对关系。丈夫杀死妻子，妻子杀死丈夫，古来有之。谁杀死了谁，都是有可能发生的。记者们就这样扭曲了事实，明明妻子只想离婚，压根儿没想要杀夫。"

"听你说这个，我想起来了。前几天我在看牙医，翻了一本无聊杂志。上面好像有篇文章写了这件事。"

"都写了什么？"

"妻子和丈夫在同一所大学学了神学。妻子致力于社会福利事业，做了很多贡献，比丈夫更有声望。"

"难道文章认为，比丈夫更强是她的错？"

"文章里还写了更惊人的，据说妻子逢人便讲，若不是自己的父亲，丈夫根本没有出人头地的机会。杂志上说，这个女人没有帮助和鼓励丈夫，而是不断地说难听的话惹怒丈夫。"

"要是这样，她被杀了也没办法。丈夫当然会判无罪吧。"

听到这里，我实在太过吃惊，不禁抬头看了说话人的脸。两人表情淡淡，光听声音，分辨不出话中的哪部分是讽刺，哪部分是玩笑，表情上也看不出来。不过从整段对话的脉络上可以听出，她们还是在批判牧师的。

"不过，挑衅会激发性欲的呀，也许，牧师心里巴不得这样呢。"

"不对吧。牧师自尊心受了伤，和妻子做、不、了、了。所以为了安抚受伤的自尊心才有了外遇。他和许多女人发生关系，这说明，他内心是厌女的吧。"

"所以当了牧师？"

"直接理由可能不是这个。在他没有明确厌女之前，可能已经选择了牧师职业。说不定他对隐藏在《圣经》里的秘密感兴趣，认为这个能拯救自己。他有过痛苦的青春期，我也能理解这种心情。"

"对了，他在妻子的葬礼上引用了《圣经》的章节，杂志上说的。"

"哪个章节？"

"好像是，在我看来神已经变得残酷。"

"他说这种话，难道不是主动坦白自己是犯人吗？"

"那时候他还没认罪。"

"现在也没认。"

"证据在那儿摆着，还不认罪？"

"证据只能说明他去过现场，无法彻底证明他杀了人。据说还没找到凶器。"

"他已经被判了刑，正在服刑吧？"

"有罪只是法庭得出的结论，他本人不坦白，也会被判有罪。"

"理所当然啦。"

"我感觉并不是理所当然。"

"确实，你要是这么说，我也有点儿想不明白了。"

这时，与我约好的人来了。邻桌的对话便没能再听下去。

之后过了几年，我把拜恩罗德忘得一干二净。后来因为其他事，我读了很多癌症方面的书。在其中一本好评众多的书里看到："癌症是由烦恼和精神压力引发的。"作者为了印证这个观点，举例反复论证，我忽然看到这样一行：

"牧师被指控杀害妻子，被判处八年监禁，他始终诉说自己清白无辜，在六十二岁时便早早因癌症于狱中离开了人世，他显然死于极度的苦闷和压力。"

仿佛有一只手抽打了我的额头。牧师死了啊。

"凶器始终没有发现，也没有目击杀害过程的证人，也许牧师是无辜的。他与妻子确实在现场吵了架，而且央求目击了吵架的路人不要说出去。不过夫妻吵架是人间常事，他害怕会被怀疑杀妻而去央求目击者，也不过是出于人性的软弱，这些不能证明他确实杀了人。法庭把蚂蚁推举为证人，判处一个人类有罪，可谓被自然科学腐蚀了灵魂的现代人的症候。无论如何，不管牧师有罪还是无辜，毫无疑问他背负着巨大的精神压力。精神压力未必全部源于事实，有时妄想会带来更甚于现实的巨大苦闷。"

我回想了一遍至今听到的关于此案的各种说法。他们的夫妻关系，妻子集资建设的慈善设施，居民们的尊敬。我偷听咖啡馆两个女孩的聊天时，确实听到她们说，牧师在妻子的葬礼上引用了《圣经》里的话，在我看来神已经变得残酷。这句话对我来说，是唯一触手可及的证据。我翻开一本《圣经》关键词辞典《圣经 ABC》，寻找"残酷"。这个词在我们的日常生活里就像佐餐胡椒一样被随意撒用，然而看过《圣经 ABC》后，我惊异地发现，这个词《圣经》只使用了一次。《约伯记》[1]里有一段酷似牧师引用的句子。我

---

1 《圣经》中的著名篇章，记载了义人约伯的信仰历程，探讨无辜者为何受苦以及神的正义等重大问题。此处与牧师引用之句相似的应为"你向我变心，待我残忍，又用大能追逼我"（《旧约·约伯记》30：21，和合本）。

没想到自己能穿越几千年时间、几万里路，拨开叫作翻译的变装，在泛滥浩瀚的文章汪洋里找到唯一一个相同的句子，这种感觉让我浑身战栗。

我身体的四周延伸出无形的意识蛛网，只要我心里挂念一件事，无论去哪里，做什么，都能捕捉住与此事有关的信息。某日，朋友邀请我去港口的仓库剧场看舞蹈演出，编舞师是日本人，舞者是中东舞者。我对演出一无所知，没有多想便去看了。这是一场根据《约伯记》改编的舞剧。

约伯身穿黄金色衣装，以富人的样子出现，长久跪地向神祷告。不知这金色衣裳是什么材质的，打光的角度稍有变化，便会出现暗影，黄金衣裳一路暗淡下去。穿着暗衣的约伯戴上撒旦假面，伪装出门去见神，向神挑衅：

"你把约伯变成一无所有的穷人，看看他还信你吗。如果他依旧信，那么他的信仰是真的，不然他的祷告只是感谢你让他赚到了钱而已。"

为什么舞剧里的约伯要伪装成撒旦，把自己往绝境里逼呢？《圣经》里没写吧？我不明白编舞师的思路。第二幕，约伯丧失了财产，栖身海边的破旧小屋，孩子们伴随在他身边，一家人围着大锅吃饭，其乐融融。饭后，独自走入海滩的约伯一改安然之态，仿佛阴影突降，他再次变身为撒旦去见神，请求神让孩子们全部淹死在大海里。"约伯只是沉浸在自己的家庭幸福里，不是真的信你。"神让大浪卷走了约伯的孩子。约伯对自己的不幸福依旧不满足，又戴上假面去见神。"丧失了一切的约伯还在感谢神赋予他健康，如何证明他毫无条件地信神？"神让约伯患上重病，不仅让他的头、胸、腹和腿都出现撕裂般的疼痛，还让他的脸上长出螺丝状的东西，让所有看见他的人都发出恐怖的尖叫。神扯裂了约伯口中的黏膜，粉碎了他的牙齿，让他无法进食。因为空腹，约伯胃酸倒流，因为口渴，约伯嗓子发紧无法呼吸。妻子问约伯，你已经这么痛苦了，还要信神吗？约伯终于不再顺从神而听了妻子的话，开始激烈地咒骂神，击碎玻璃门，践踏花朵，把苹果掷向墙壁。

演出结束，有人介绍我和编舞师认识，我客气地提出：

"这个剧情安排有些古怪。"

对方以为我在批评，斜眼瞪我。我连忙补上一句：

"和《圣经》不一样的地方很耐人寻味。"

编舞师一开口，没有任何铺垫，就直接提起了日本某个著名的死刑犯的名字，生硬地问我是否读过囚犯的手记。我听说过，没读过。

"看了手记你就会明白，我们做正确的好事，是因为，我们在只要这么做了就会得到父母和老师的爱的环境里长大，如果生活环境完全相反将会如何？想做正确的好事，却被嘲讽、殴打、辱骂，当然就不再会做了，是这样吧？"

我想起牧师的案子，就试着提了，说我不理解牧师在葬礼上引用《约伯记》的意图。牧师并不是在杀伐的环境中长大的。编舞师点点头：

"嗯，那个案子啊，案发地离我住的城市不远。我记得很清楚。确实和《约伯记》无关，我也不懂为什么这么引用。难道那个犯人有依存症？"

"什么依存症？"

"依存症就是依存症，不分这种和那种。想喝酒的人会豪饮，想激烈性交的人每天都贪婪不满足，有可能会摆架子耍威风，有可能会工作中毒，不工作就难受，总之依存症是未经处理的欲望和感情膨胀了，克制不住，人对此有罪恶感的。我过去也这样过，那种状态就算杀人也不奇怪，或者说，在那种状态下，人已经不在乎自己会不会变成杀人犯了。"

听到这些，我感觉呼吸不畅，想让话题变成轻松一些，就问："那个蚂蚁，你知道是怎么回事吗？"

"蚂蚁？啊，那个啊。犯罪现场恰好有一个种类非常罕见的蚂蚁窝，警察在牧师鞋上发现了蚂蚁尸骸。"编舞师这么说着，不知为何有些心不在焉，也许他想说其他事，却被我用蚂蚁霸占了话题。不过，我真的不想放过蚂蚁：

"可是，也许牧师只是出于偶然才踩到蚂蚁，他可能是无辜的吧。"

"不是的。即使是住在那一带的人，散步也好，干农活也好，只有低到超乎想象的概率才能偶然踩上那种蚂蚁。而犯罪现场有那种蚂蚁窝。从统计学的角度看，牧师极有可能是犯人。"

"可是，用统计学判定一个人有罪无罪，不太对劲吧。"

我忽然急切地想知道，曾给我写信的犯人究竟犯了什么罪，不会是杀妻吧？他还年轻，不像有家室的人。我收到信时，只对监狱推行的改善运动感兴趣，对他的罪行本身兴趣不大。现在我想亲自问问他本人，我忽然觉得非要亲耳听听他怎么说才行。时间已经过去了几年，他是终身监禁，应该还在服刑。

　　我爬上屋顶阁楼找信。不是想确认信的内容，而是我忘记了他的名字。阁楼里摞着一些装着旧笔记本和信件的盒子。我不喜欢扔东西。纸盒渗过水又阴干了，变得又皱又硬，我蹲在那里，抬头看到屋顶的一片瓦挪了位，缝隙里能看见晴空，空中飘着棉花云。神在别的光亮中吧，不是我们的眼睛可以认识到的，所以光凭我们的眼睛看不出神存在与否。或者，神在非现身不可的时候，会乘坐云车而不是大众，会隐身于云之内来到我们面前。

5

我不知道自己何时被捕。

也许在遥远的将来。

就算是在遥远的将来，

因为不明白具体日期，

所以当下的每一日，

都有可能是『那一天』。

若问我的梦是黑白还是彩色，我想起了唯一的一个血红色的梦。一个身穿和服、姿态优美的女人曳着碎步穿过走廊向我走来，身后跟着几名弟子。骤然间，女人圆睁眼睛，像海星一样伸开的双手试图护住脸。匕首利刃划出优雅曲线，轻轻触及脖子，皮肤倏然裂开。匕首的刀柄，竟然在我手上。一条红线立刻鼓出来了，鲜血或许染红了我的眼球外表的透明膜，或许染红了梦的镜头，眼前的图像一片血红，然后我醒了。

我想，这是幻下狱时的图像。"下狱"真是个不得了的词，让人有种"下"地"狱"的错觉。幻一脸明快轻松，笑脸犹若在众多记者和照相机波涛之间隐现的花。一个记者用响亮的声音问幻在监狱里想做什么。幻镇定自若地接住提问，仿佛一个即使飞刀迎面而来也有自信接住的曲艺师[1]，"想认真完成义务教育"。幻的声音清晰而锐利。如果想清晰地发出"义务"这个音，看似简单，实际很难。不相信的人可以冲着五十米外的人喊一声"义务"试试看。

幻在这句话里放了她的毒，添加了苦涩的嘲讽。"想认真完成义务教育"，让孩子受教育是大人的"义务"，故称"义务教育"。没能好好受教育不是孩子的错，所以幻一点儿都不脸红，以一个成熟女人的姿态公然宣言：想从小学课程重新学起，最后想参加司法考试。

这时，另一个记者高举麦克风，像举起松明火把："你对自己的所作所为后悔了吗？"

"不后悔。"幻轻快地回答。记者们一片哗然。

"完全不后悔吗？"几个相同的追问重叠着飞过来。

"完全不后悔。"

---

1 日语中的"曲艺"也包括杂技。

仿佛是易北河水面折射过来的光，熠熠闪亮的碎光穿越阳台玻璃窗进到房间，轻搔着白墙的痒痒。尽管看录像时拉上窗帘才看得清楚，不过，叠映到画面上的窗外景色可以提醒沉浸在电影里的我，身边还有一个非电影的世界。这样也不错。

刚才在阁楼里找信，撕开几个纸盒上的胶带后，发现其中一盒装满了录像带，我本来只是带着好奇心简单翻翻，忽然找到一个录像，非常想看，就拿回了房间。电影一旦开始，便目不转睛地看了下去。这部电影拍完之后，在汉堡公映好像是一九九〇年。幻的事件比电影更早十年，发生时我还住在日本，不记得在日本的电视上看到过相关报道。一位名叫布里吉特·克劳斯 (Brigitte Krause) 的导演拍了这部电影，我是在大学附近的电影院看的。那之后，幻来汉堡时，我见到了她本人。话虽这么说，幻是真实存在的人物，本应用本名称呼她，不过我总觉得，若是连名带姓呼唤她，幻就会被谁带走，从我眼前消失不见。

幻对着镜子。眼睛周围荡漾着狐狸红。幻用毛笔蘸饱了这团火，勾出眼线。仿佛要将泪袋变成血池。

那红，是从乡野人家壁橱柳条箱里取出的婴儿衣的红。点唇的笔毛锐如针尖，看着画面的我的嘴唇跟着刺痒起来。

也许幻不记得了，电影在汉堡上映后，相关人士在诺伊姆廉船岸餐馆喝了茶。那天去了二十几个人，我坐得离她很远，没能说上话。从餐馆出来，大风刮来了海潮气息。幻被裹挟在高个子人群中，我看不见她。不知为什么，我有些胆怯，下不定决心过去参加对话，只站在稍远处，和一个叫鲍勃的大高个子学生说了话。鲍勃告诉我，幻在学习法律，想参加司法考试，幻听说有前科的人当不了法官，内心很受挫，所以她正在调查这种传闻的可靠程度。我没有勇气直接和幻搭话，如果我过去问她"听说你要参加司法考试"，也许在她听来，我出于无聊的好奇才这么问。其他人都说着英语，只要使用这种对他们来说是外语的语言，即使是天真的好奇心或善意，也能不加掩饰地表达出来。除了幻之外，在场的日本人只有我一个，我感觉如果自己开口说出日语，就会毁掉这一切。

不知从何处钻出一条德国黑背，扯裂了围绕着幻的人环。众人退后，狗敏捷地朝我走了过来。松开锁链让狗自由奔跑的狗主人究竟在哪里。我四下环视，一个瞬间和幻的视线粘到了一起。记得幻那时用日语问我："你不怕狗吗？"见她和我说话，我紧张之下没听清她在问什么，好像回答了一句"我不怕狗，但怕其他很多东西"。记忆就是从这里开始模糊的。我不怕狗，害怕风平浪静的陈腐日常。我曾在哪本小说里看过，一个人循规蹈矩，小心翼翼地生活，有一天突然被捕了。我不知道自己何时被捕。也许在遥远的将来。就算是在遥远的将来，因为不明白具体日期，所以当下的每一日，都有可能是"那一天"。我没干任何"坏事"，当然不知道逮捕的理由。这种被捕，暧昧、消极而被动，让我心生恐惧。而幻认真地算破了暧昧和被动，主动犯法，主动被捕，以表演的方式如愿进了监狱，在狱中学习，从小学辍学的水准一直学到了能参加司法考试的水平。在我看来，幻简直耀眼。

　　一般人就算不情愿，也从电视剧和电影里看到过监狱里的场景。不过，一旦自己进去了，就会知道和影视剧里的不一样，一定会感到害怕吧。

幻在单人牢房的窗边发呆时，巡回的女狱警就会过来用小学老师似的严厉而温暖的口吻说："坐暖气上要扣分的。"之后把外面的来信递给幻。画面忽然奏响深情婉转的演歌，"来信温暖了我的心"。更神奇的是，制服也难掩女狱警的美色。

对着镜子，幻用粉扑轻拍脸颊，表情认真，动作熟练。我只这么看着，心情也跟着轻松起来。这样有条不紊地用粉扑快速去除脸上的湿，是不是就能把叫作眼泪的水分和叫作血的液体从这个世界上去除。扑了粉的脸显得一片净白，以我看惯电影的眼睛来看，这种化妆让肌肤显得太干燥了，而镜头太清晰，照出了毛孔和细小汗毛。那片肌肤好似栉风沐雨的白色外墙。

我仿佛看见，电影里的幻的脸上，隐约叠现着我的同学的脸。我有个怪癖，会飞快地迷恋上与众不同的怪人。所以我结交过几个朋友，有的和谁也不说话，有的喜欢穿惹眼的衣服，有的中途被送进了特殊教育班，有的在上课时被大人接走再也没回来，有的是在福利院长大的。

听说幻结过一次婚。夫妻发生争执时，婆婆出来说："我儿子本来可以找一个正常家庭出来的大学毕业的姑娘（却屈就找了你这种人）。"

要让我说的话，所谓正常家庭出身的孩子有着年糕团子似的皮肤。像年糕团子倒也好了，有的孩子甚至像棉花糖。轻轻按一下，就会瘪进去，眼睛和嘴巴深深陷进雪白的柔软里，几乎快看不到了。这些叫作"正常"的棉花糖，经由妈妈的手整整齐齐地套上衣服，无论刮风，还是下雨，都按时上学。与此相对应，每个班级里肯定有一个经常旷课，还会突然转学的孩子。这孩子的脸上有时笼罩着恐慌的阴影，同时还有种天不怕地不怕的大胆，比如有谁受了伤，流出很多血，其他孩子都害怕到腿软，有人吓得哭出来，这孩子却能一脸平静，把自己的肩膀借给受伤的人，陪他一起去学校保健室。正常孩子在考试时会一脸苍白地用神经质的细弱手指遮挡试卷，整齐梳理过的头发轻拂过洗得干干净净的领口。

我喜欢过一个中途转学过来的小孩。别看她年纪小，脸上带着一种成熟女明星似的魅惑表情。她看上去一点儿都不害怕考试，叼着铅笔，从试卷上抬起脸，观察起周围其他人来，撞上我的视线。考完试后，其他人在课间休息时都像被霜打了，只有她，兴致勃勃地讲起了什么幽灵，众人情不自禁地被她娇媚的声音吸引过去，听得入了迷，忘记了休息时间已经结束，没察觉到老师已经走进教室。老师很生气，只训斥了她一个人。过了不到两个星期，正常孩子开始孤立她，故意不看她，一脸不愿和她说话的表情。

幻被"正常"这个词伤害过，所以我决定不再用这个词。上小学时我就认为"和正常不一样"的孩子更好，这才是我的自豪。

幻对着镜子，将刺子绣胸挡穿在长襦裙外面，用手压平，在身后打结固定。一针一线绣出的句号压平了她的乳房。幻对着镜头说：

"突出胸部和细腰曲线的和服穿法是不对的"，仿佛认定了镜头对面的观众对和服一无所知，只对身边人的话，不会这么讲吧。

胸挡虽是柔软的布制，看上去好似棒球捕手的护胸。幻恶作剧似的对着镜头摆了一个捕手半蹲给投手打手势的姿势。德国人没看过棒球，不懂捕手是干什么的，这个玩笑算是白开了吧，不过谁都能看出她这样子很俏皮。懂得开玩笑的人脑室更大，里面分开很多房间，如果脑室里只有一个房间，难免满屋子都是道成寺[1]的蛇，哪里还有闲心开玩笑呢。

幻说，能自己缝的衣服，她都自己手缝了。一般来说，挂牌的日本舞蹈师傅不亲手做这些事，但是外面的裁缝做的衣服，有的不太合身，有的会感觉憋屈，还是自己手缝的衣服遂心如意。

雪在痛。雪在痛。幻立于雪中。脸白如雪。仔细看的话，能发现她的脸上覆满了数不清的无形伤痕，在痉挛颤抖。青天。结在高树梢上的红衣带，谁吊死了，幻从下面仰望着。电影画面只能看到一个被截取的四方。不知树上吊死的人是谁。

假发髻乌黑油亮，几乎闪着青蓝色的光。让人想起"椿油"[2]二字。幻用梳子梳理着密实而沉甸甸

1　位于日本和歌山县，因安珍和清姬的传说而闻名。清姬爱上了僧人安珍，遭拒绝后化身成蛇，吐火烧死了逃至道成寺藏在钟中的安珍，由此产生了谣曲《道成寺》，三岛由纪夫也创作了同名戏剧，收录在《近代能乐集》中。
2　从山茶花籽中提取，可用作食用油和发油。

的假发髻，用两根手指拈起一缕头发，用力向下拽了拽，仿佛在验证重力的方向，然后拿起剪刀剪去发梢。我很吃惊，没想到假发髻也需要修剪。难道假发髻的头发也会长长吗？只听说过土葬尸身的头发会在地下悄悄长长。

幻口气淡淡地说："一般来说，到了我这样的段位，就不自己梳头发了。"然后又随意补充道："别看我这么说，我并不引以为傲。"

打过油的头发闪着湿光，令我想起"冥府"的"冥"字。整理着头发的手指被头发缠绕住了，仿佛要被拽入下界。过去，碰触头发的职业，碰触身体的职业，一定被人避讳，也受人崇敬，他们相信洗手不干后才能升入更高的地位。据说越是做到高位的跳舞之人，在穿衣、结发和装扮身体时，越不再自己动手。

我心不在焉地看着电影里的幻，仔细听了她说的话，感觉学到了很多东西。幻似乎很喜欢"学习"这个词。连我都跟着喜欢上了。不过我学了太多，累了，于是关掉电视出去散步。

一般来说，我的散步只是沿着家门前的易北河岸小路径直走下去，没有其他花样。这一天，我登上台阶，走上易北大道。这是一条绵延八公里的高楼林立的大道，虽然就在易北河边上，却远远高于河面，气氛与临水而建的下方古旧窄街大不相同。我家在下方窄街上，我喜欢那里。

河面有时会浮上死去的鱼，据说也浮上过人的尸体。我虽然没有亲眼见过，某本以此地为背景的推理小说写过，一天早晨，慢跑的人无意中看到河里漂浮着一具脸朝下的尸体。

出现了尸体，就得送葬。当幻说出"河原乞食"[1]这个词时，我把"乞食"（kojiki）听成了"古事记"（kojiki），觉得两者之间还是有联系的啊。我一边散步，一边用幸福的心情在空想中与幻交谈。忽然看见前方有个人向我走过来，像是在汉堡大学做印度舞蹈研究的布卢门瓦提老师。我没上过他的课，但在某次派对上认识了老师，有了来往。老师除了印度舞蹈之

---

1 又称"河原者"，一说是居住在河川边缘的沙洲，主要从事屠宰、皮革加工、园艺、演艺等工作的一类日本中世贱民阶层。因为歌舞伎起源于日本近世京都四条河原卖艺表演的说法，后来也成为对歌舞伎演员的蔑称。进入现代，成为嘲讽演员等艺人的词语，艺人也常用该四字自嘲。

外，也熟知亚洲其他国家的古典演艺。老师说，他散步是想喝杯咖啡，问我要不要一起去。我高兴地点头。

古旧桌子的木纹摸上去很舒服。墙壁上贴着报纸，大标题里"爆炸"一词触目惊心。苹果蛋糕和咖啡一端上来，我立刻对老师讲了刚才看的电影，微微兴奋地说了幻自己梳头发，自己做演出服。老师不以为然地歪歪头，提出了反对意见：

"这些方面还是需要专业人士来做吧。在古代，专门负责服装的人光凭做这个就能养活一大家人，正因为如此，他们才特别认真地钻研了技术，一代一代传了下去。做假发的人，做内衣的人，做外衣的人，都细分行当，技不外传，只教给后继人，所以技术才能成为遗产。假如社会不再需要梳头发的工作，这些人就得去工厂干活了呀。"

我知道老师喜欢谈政治，如果我回答"去工厂也没什么不好，只要劳动条件好，能保障生活"，老师肯定会兴奋地接过话题长篇大论，所以我没吭声。

"歌剧院也有专门负责服装的人呀。歌手能自己做阿依达的服装吗？能做欧律狄刻的服装吗？能做蝴蝶夫人的服装吗？能做康斯坦策[1]的服装吗？"老师罗列了一串歌剧角色的名字，仿佛跟着渐渐加快节拍的拍子木[2]，说得越来越快，显然兴奋起来了。老师不仅喜欢亚洲舞台艺术，还痴迷歌剧。"制作服装也是非常了不起的工作，和在台上演唱不相上下。"

布卢门瓦提老师在维也纳长大，小时候经常和父母一起去看歌剧。从小就有父母带着去看歌剧的孩子，和看不了的孩子在生活环境上大不相同。同样是在家中厕所里大声唱舒伯特的歌，有人会得到父母赞扬，有人会挨骂。人从诞生时起已经不平等。不过，有时不平等未必是坏事。幻的父母是流浪艺人，所以她会自己缝衣服，梳头发，能言善道，会跳舞，能唱歌，如果她出生于一个公司职员家庭，肯定做不了这些。

据说，幻最早的记忆是母亲梳头发。母亲穿着破破烂烂的和服，系着脏围裙，正在梳头发。同样衣着褴褛的父亲在写剧本。

演播室里长出几个巨大的蘑菇。桌子是蘑菇，椅

---

1 以上人物分别是歌剧《阿依达》《俄耳甫斯与欧律狄刻》《蝴蝶夫人》《后宫诱逃》中的角色。

2 在剧场敲击节拍、发出信号的木制长方体道具，也用于夜间巡逻。

子是蘑菇，坐在蘑菇上的人们在欢笑。看来是个电视节目。欢迎掌声中，幻穿着一身西装，以嘉宾身份出现，和主持节目的搞笑艺人你来我往，妙语连珠。梳着蘑菇头的搞笑艺人有张坑坑注注的脸，仿佛挨了很多揍，不过说话态度里没有献媚，也不傲慢。嬉笑着正中标靶的关西方言转换成德语字幕，源源不断地出现在画面上。

"女战士不发胖"，幻这么说。确实，她虽然梳着一头精心打理过的蓬乱卷发，四肢却相当细瘦。

"其实我多少也在战斗"，主持人低头看看自己脂肪颇厚的肚子。

"我说的战斗，可是身体力行"，幻说。在场观众发出低笑声。幻接着说了一句"你也知道我会带着刀上场的"，让观众彻底爆发出了大笑声。如果这只是玩笑倒也罢了，实际上她真的用菜刀划开了别人的肌肤，为此入狱，现在却能这么云淡风轻地开玩笑，实在是不简单。

如果幻说出的话是流动的水，主持人就是引导水流的地面。幻轻松自若地表演着。无论哪个行当，都存在同行竞争。用金钱和家世竞争是可笑的。没钱就无法在这个世界里前进，无论是请人梳头发，请人化妆，请人穿衣，都要花很多钱。这笔钱是演员从自己钱包里掏出来的，最终会全部流入金字塔顶的钱袋里，那个"龙齿"的皇帝是最赚钱的，幻说。我弄错了这几个发音的汉字，听到龙齿皇帝，还以为和中国背景的魔幻电影一样有趣。"皇帝"（emperor）这个词是幻自己说出来的。听上去轻飘飘的，业内人士估计不这么说吧。幻故意把本来的术语翻译成英语，或许这也是她的一种战斗。

看到这里，我关掉录像，立刻给布卢门瓦提老师打了电话，想接着之前的话题说下去，原封不动转述一遍从幻那儿听来的话：

"老师认为应该各司其职，不过，让演员一个人支付戏装、假发、照明和道具费实在不合理呀，而且这些钱最终都会流入最上面的那个人的钱包。让公共机关来做金钱管理，把钱平均分配给演员和其他技术人员，才比较合理。"

不过，老师听后，一定会露出讽刺的笑容，对我说：

"你说的公共机关，指的是统筹文化事业的政府机关吗？同学，难道你信任那些部门？"

"但是，有人因为没钱而上不了舞台，跳不了舞，老师你觉得这合理吗？"

我在脑海里浮现着与老师的假想对话。这样是行不通的。等我看完整个片子，再给老师打电话好了。刚才不应该看到一半就出去散步。

幻讲话时，认真选择了单词。"不凭实力竞争，而用家世、名声和金钱，太不合理了。"能感觉到她用镊子将家世、名声和金钱这些单词一个一个夹起来放到灯光下摘选后才说出口的。听她说到"实力竞争"，我暧昧地点点头。"实力"这个词在日本经常听到，但很难确切地翻译成德语。也许就是这个原因，我已很久没用过这个词，也不明白这个词的涵义。看来，人们在"实力"这个单词上累积了个人经验，做成了个人储蓄。我没有这种存款，故而不明白"实力"意味着什么。有人拥有这种名为"实力"的力量，无论怎么做，都能拿出好作品。真的有实力这种力量吗？以幻为例，过去几十年她有非常精彩的舞台作品，如此倒推一下，人们会觉得幻身上有种神秘的力量，而如果是肌肉，有或没有，都肉眼可辨。可是能催生出艺术的力量究竟潜藏在身体的哪个部位呢？

抑或，才华和经验结合在一起，便称为"实力"？

身穿蓝色条纹浴衣的幻，独自在镜子前练习着舞蹈。除掉了嘴唇和衣物上的鲜红色之后，一身清净的幻无论脸庞还是身体都仿佛年轻人。她流畅地将手伸向前方，一脸平静，搜寻着几百年前无数人找到过的腰的位置。决定好了腰的位置后，仿佛寂寞终于归了位，下巴在斜上方搜索着回忆，手掌朝向空中，雪花般翩跹飘落。

从头再来一遍！一旁响起师傅的指导声。如果指导的师傅声音清澈，就再好不过了。停止脑中拒绝和自我保护的机制，只听从外界指导之声来练习也很轻松有趣，这是一种失去控制的练习。不过，如果师傅是贪婪的蛇，也许会出于嫉恨和烦躁而随意发号施令，那徒弟的修行期将变成什么样子？如果师傅是一条满怀嫉恨和不甘心、贪婪而欲望深重的蛇呢？那样的话，师傅可能会出于不纯洁的动机，对徒弟提出毫无意义的指示，要求徒弟用头撞岩石，绝食，跳下瀑布。那么，将全身心交给师傅的徒弟，也许会真的跳下瀑布而淹死。

　　我用手摸头，不知何时我已成了尼姑的光头，头发全被拿走了。我想大声喊"还给我"，可是发不出声音。小学时一直去的那家理发馆的老板娘将我的头放到乐谱架上，发出亲切却绝不让步的声音："我给你好好弄一下。"长相酷似老板娘的青年将一个碟子放到我面前，上面是三条多春鱼。我不由得叹息："我都忘了在日本即使你不开口要，他们也会主动这么服务，之后还会写进收据，你要为这一切付钱。"我还不知道理发费是多少呢。出于担心我试着开了口：

　　"头发随便剪剪就可以，就按最便宜的那种。如果有松竹梅三档[1]的话，我要梅就行。或者你们是理发馆，不按松竹梅的档次算？"

　　"我们不是理发的，是梳头发的。脑袋必须好好梳理才行，你做的不是用脑袋的工作吗？"

1　日本用于等级排序的代称，松为最高等级，梅为最低。

"不是的不是的，我只是做一个关于纳博科夫的小演讲而已，梳不梳头都没关系。"我这么说完，立即后悔撒了谎。我以为说出纳博科夫，对方就会放手。对方根本不在意，也没有停手，只在嘴上说着"辛苦你了"。

就在这时，我身后出现了一支狐狸尾巴毛做成的蓬松毛笔，我的手被涂上了白粉。是这样啊，手也得涂成白色啊，我原本喜欢小麦色的皮肤，不喜欢白。可是如果只涂白了脸，手还是黄褐色，那不就成了小红帽里的狼外婆了吗。看来把手涂白还是好的。我收回手摆了摆，说"我可以自己涂"。一个快哭了的女人出现了，"让人家帮你做吧"。她说的人家，究竟意味着第一人称的"我"呢，还是指一个家？我从她的语气中感觉到了，如果我拒绝，她一家人就会饿死。无奈之下我只好伸出双手，这时从后台化妆室的深处传来一个声音："您订的东西送到了。"我没好气地说自己没买东西，那声音没有露脸，只伸出一只胳膊递给我收据，让我盖章。我盖完章，那声音便说："看！你这不是买了东西吗！"一个骗局。而且据上写着"衣服"，实际上只是几百根绳子胡乱缠绕在一起而已。

我问："这能当衣服吗？"

对方只说："能穿的人自然会穿的，穿上了自然就是衣服。"

"我是不是上当了？"

"别想那么多，专业事情交给我们来做，你只需要专心考虑艺术就好了。"对方鼓励我。但是他们以帮我穿衣为借口，摸我的胸，想制作圆锥形的雕塑。

"住手！"

"但这就是老规矩。"

"我只是要上台公演，不是要参加活人祭天仪式。"

"我明白，不是祭天，是艺术。"

"我能自己做。"

"和能不能没有关系，"对方忽然换上一种令人恐惧的口吻，"你别太贪心，你以为自己有权利穿衣梳头化妆？你是不是理解错了？"

刚才的绳子果然不是衣服，而是束缚我的绳索。我们接受的义务教育里完全没有传统艺能的内容。所以无论对方拿出什么衣服，只要声称"这是《道成寺》的戏装"，我们就会深信不疑。他们帮助我，辱骂我，拉扯我，转眼之间，我被带到丸之内的大厦十三层的律师面前。明明是为我辩护的律师，却将一摞收据甩到我眼前，说："你还没有付钱，你这么做让我很为难。"律师身穿高级西装，说话腔调粗俗不堪。墙上挂着女老板裸露着肩膀和大腿的照片。原来是这样啊，整个律所都被这种色相诱惑了，所以变成了这副样子。人为了性欲可以付出莫大精力，以色为武器的女人是无敌的。但这个女老板不是以色诱人的人呀，怎么变成了这样？哪里弄错了吧。她原本更冷硬的，好像姓冰山。我再定睛一看，果然我弄错了，照片上的冰山正襟危坐，俨然一个气势非凡的老板。

梦做到此，我醒了。原来是看着电影睡着了，真差劲。录像带早已转完，电视画面上一片映照着云空的北海之色。我想首先把自己的所思所想用语言表达出来，期待冷硬如山的女老板会听我的。想来，幻也曾无数次这么尝试过。

这时，从空白屏幕里忽然跳出来手持厨刀的幻，对我怒目而视。我慌忙解释，"我不是皇帝"，不知为什么，我发不出声音。幻扬起刀，低声而清晰地嗫嚅：

"打倒家元[1]制度！"

1　日本常见的由家族或特定流派的宗家管理和传承传统艺术和技艺的体系。

6

也许诗人在被囚禁的岁月里，
全凭向天愤怒嘶喊才保持了理智。

也许雷雨的天空回答了他，
给了他抚慰。

也许平稳的晴空藐视了他，
给了他痛苦。

眼前有一张男人的脸。脸色晦暗，瞳仁却如急流瀑布下的岩石，跃动着激烈的水沫。他与我合上视线，仿佛找到了童年玩伴，表情忽然亮了。我们是初次见面。我觉得他像谁，但想不起来像谁。他张开燃烧着的干涸赤红的嘴唇，将一段段音节和着呼吸一起投掷过来。他的嘴巴周围、眼角和额头皱纹都在活跃地微动，形成了细小而快速地拍岸的潮汐。他应该知道我听不懂中国话，依旧对我说个不停。仿佛在说，你应该能听懂，你应该能听懂。

他发出的音节在我的大脑里似乎快要转换成汉字了，却最终未能转成，变成一种沉重的温暖掉下来，蓄积在那里。他的白发在黑发间晃动着隐现。这白色也许不是白发，是水沫。白毛狮子在狂乱地跃动。白波击打在暗岩之上，煞白地飞溅四散。他身后的天空与海，毫无遮拦地展开着呆板的铅灰色，远方一条黑线隐约可见。如果那就是对岸，那么这水也许不是海，而是一面湖。一面广阔得前所未见的大湖。还有可能是一条宽阔得无与伦比的巨川。然后我一下子回过神来，那不过是铅灰色的壁纸，隐现的水平线只是壁纸的接缝罢了。壁纸前一个男人的上半身依然在说话。

诗歌节主持人刚刚介绍了，男人是个诗人，坐在他右侧的女人是他妻子。诗人一度合上嘴，妻子便点点头，转达给身旁的戴眼镜的青年。那样子就像在翻译着什么。不过，诗人说的话，和妻子对眼镜青年说的话，都是汉语吧，然而音节听上去大不相同。我听着诗人的声音，不知何时已走在深夜的海边，波涛翻卷低吼，芦苇摇曳，窸窣作响。妻子的声音与诗人截然相反，丝滑如绸缎，却不含冷意。

"诗人说，很高兴见到你，总觉得之前在一个神秘的地方见过你。当然这是不可能的吧。"青年用英语做着流畅的翻译。也许我脸上裹着一层困惑不解的云，所以青年没有问什么，直接开口解释："也许你会奇怪，为什么需要这种二重翻译。诗人在单人牢房里被关了十年，已经不会说别人能听懂的话了。他说的话只有妻子能听懂，所以妻子将诗人的话转告我，由我翻译成英语。"青年用了"诗人"的代称，没有直呼其名，表达出了一种敬意。

眼镜青年在美国东海岸的某大学研究并教授汉学，他说已在美国住了多年，不过看上去只有二十八九岁。

我再次注视诗人的脸。诗人大约五十岁，眼睛周围和面颊都凹陷着，从不同角度看，有时候像个年迈之人。不过他说话时活力四射，皮下之骨几欲舞动而出，口中舌头鲜红，双目炯炯，让人错觉他只有二十几岁，让人一瞬间失衡，忘了自己当下几岁，今年是何年。

我抑制不住好奇心，开口发问："你无法说出别人能听懂的语言，这意味着什么？"青年表情不变，将我的话翻译给妻子，妻子向我莞尔一笑，又用几乎不可听闻的细声在诗人耳边低语。诗人听罢，仿佛太阳破云而出，表情骤然变得明亮，大张开口，喷射出迅猛如山瀑的话语，坐在我左右两侧正在小声交谈的其他人不由得停住，周围桌上吃饭的人们也不再说话，向这边投来谨慎观察的视线。

诗人毫不在意周围的气氛变化，对着我流瀑飞涌。妻子在旁侧耳倾听，不时温柔地点头。我也点头，当然并非听懂了，而是在表示我接收到了他的语言。

话语的烟花流泻完毕，妻子凑近青年耳边，将话语递交给他。眼镜青年将其译成英语。四下在座之人的耳都如好奇的蝴蝶翩然飞集，眼镜青年压低声音，耳朵们也随之越集越近，仿佛不愿漏掉任何一个词语。

"我在海边悬崖上的单人牢房里被关了很多年。只能与波浪、风和树木交谈，连鸟都不理睬我。"

房间里出现了几秒钟令人屏住呼吸的绝对寂静，随之泛起嘈杂低声。而我做不到像录像带播放键被再次按下似的继续吃饭，只僵直着脖子坐在那里没有动。诗人看向我，张开口，仿佛想鼓励我，对妻子说了些什么。妻子却摇头，没有传递那些话语，而是咽进了自己的肚子。这时我明白自己无法拒绝与诗人对话，下定决心说点儿什么，于是不知所云地重复他的话："你曾经和波浪、风、树木说过话？"我听见三个词清晰地出现在眼镜青年的话中，听见妻子用完全不同的高扬而柔和的音调说出了类似的三个发音。我想起了什么，随口补上："没有和云说过话吗？"这个"云"字经由青年和妻子之口抵达诗人耳中，诗人像个孩子似的笑了，不停点头。我们就这样交谈了很多。

饭后，一群人分散着出了餐馆，走进温暖的夜气。就像一群刚参加完婚礼的亲戚，三三两两，向酒店走去。路上只有一辆车开过，其余便是走在人行道上的我们。

无意间，从巴黎来的诗人已站到我身旁，用少女般的眼神盯着我。我找不到合适的话，只好问：

"你什么时候到的？"

对方回答："前天。"

"昨天做了什么？"

"去找了想要的鞋子。"

"鞋？为什么不在巴黎买，要在俄克拉何马买呢？"

"因为我要买双牛仔靴。"

"买到了吗？"

"没找到合适的。"

我们一边走一边随意聊天，我刚才听过她的名字，现在却忘了。于是我想起来，刚才进餐馆时，应该听到了中国诗人及妻子还有眼镜青年的名字，现在也都忘记了。大脑负责记忆人名的部分冻住了，距之最遥远的部分正兴奋地活跃着。

一个身披黄橘相间纱丽的诗人，和一个头戴棒球帽身穿深蓝色马球衫的诗人走在我们前面，大声说着什么。他们的名字我也忘了。我从手提包里取出诗歌节宣传单，确认了参加者名单。巴黎来的诗人是娜塔丽。娜塔丽问我在看什么，我笑着回答：

"我记不住大家的名字。"

"我的名字也忘了吗？"

"是的。"我直率地说了，因为感觉这么做不会破坏气氛。果然，被我忘了的女诗人咧嘴笑出来，问我：

"我的名字很简单吧？"

"太简单了，所以立刻忘了。"

"你认为名字不重要吗？"

"我有时觉得，只要记住一个人的脸和故事就够了。"

"如果忘了名字，今后就不能再见了呀。"

"你为什么想买牛仔靴？"

"这是个秘密。"

我刚在宣传单上看过中国诗人的名字，在和娜塔丽聊了几句闲话之后就又忘记了。中国人的名字写成字母后很难记住。不过，如果是纯汉字，我又不知该如何发音。日本人的名字用字母表示的话，好似一行蚂蚁，很难记。哪怕是用不准确的同音汉字对应呢，也会好记很多。只是，那人的真实汉字姓名与我记住的不一样时，即使真人出现在我面前，我也弄不清他是谁。

走在前面的两个人比我和娜塔丽速度慢，我们不时停下脚步调节距离。走了一会儿，一只大手从后面拍上我的肩头，我尚未来得及回头，汉语已经响起来了。看来我赢得了中国诗人的信赖。娜塔丽立即从我身边返回到后面的人群里，随之中国诗人仿佛追随了娜塔丽的脚步，也消失在我身后。诗人的妻子匆忙走到我面前用英语道歉："对不起，如果我的英语更好些，就能立刻为你们翻译了。不过，我丈夫的话语非常复杂。"四下看不见眼镜青年。当然，也许眼镜青年要比诗人妻子词汇量丰富，表现力更强，不过我觉得诗人妻子可以胜任。

也许诗人不让妻子翻译，是不希望妻子与英语的世界发生直接联系？如果是这样，诗人直接和眼镜青年说不就好了吗？难道青年真的听不懂诗人的汉语？抑或，他们之间存在着一堵墙，完全与我理解中的"听得懂"和"听不懂"无关？难道这堵墙厚达几层，必须经由多次翻译，才能逐渐破层，实现墙内外的沟通？

"我们现在暂时住在美国东海岸的大学里，说不好今后会怎么样。"妻子告诉我。我花了几秒钟时间，才悟出这不是被翻译过来的诗人的话语，而是妻子自身的心声。诗人落在众人身后，似乎在看街角的报纸自动销售机。

"那所大学怎么样？"

"很安全，学生们也很优秀。"

说着说着，我想起诗人、妻子和青年的名字我都忘记了，我不好意思说出实情，就假装不会发音："你们名字的正确发音是什么，请教教我好吗？"妻子微笑着张开涂着鲜艳口红的嘴，这时诗人冒出来推开妻子，用英语说："I am poet of fire！"之后仿佛笑了似的喷出一大口气。

"下周我要去美国。"

"美国哪里？"

"俄克拉何马城。"

"你要去那个什么都不是的地方的正中央啊。"

什么都不是的地方，也许意味着谁都不会说起、谁也不去、没有任何趣味的地方。不过这些定义都不准确。那里经常被人提起，有很多有趣的地方，很多人会去。因为我自己就要去。

尽管如此，当飞机抵达时，我想起了"一无所有之处"的形容。就在几小时前。机场内人影寥寥，看不到本该来接我的义务工作人员艾米丽。这里空气稀薄，感受不到地球重力。正当我手足无措时，广播开始呼叫我的名字。我竟然立刻明白了呼叫的是我，自己也感到不可思议。我紧抱着旅行包，先试着往左跑了几步，幸好随即看到了"问询处"的招牌。招牌下站着一个穿着半袖衫脚踩凉鞋的身材结实的女人。她微笑着冲我摆手。我问她是艾米丽吗，她笑了，仿佛在说她当然是，然后点点头，对我说："你的飞机晚点了。我们开车直接去酒店吧。接下来你要和其他参加者一起吃饭，餐厅就在酒店旁边。"她的说话口气就像学校老师。我反反复复说了谢谢。

我们并肩走向停车场。艾米丽亲切地问我："路上怎么样？累了吧？"但我感觉不到本应从她身体里流淌出来的"气"，我不知道自己与她合不合脾气。艾米丽脸上形成的表情是立体的，声音也在清晰地向前发出，却有种机器人似的呆板。不过，"艾米丽"这个名字进了我的大脑。因为如果我弄丢这个名字，就哪里都去不了了。就像不能弄丢护照和信用卡，我脑中的管理部接管了这个名字。

上了车一发动引擎，车喉里唱出巴赫。艾米丽像摆弄微波炉和烤箱一样，以做家务的手势操作着汽车。

我几次偷窥她穿的简朴小花纹样的衬衫，猜不出她的职业，只试着问：

"你是大学教授吗？"

"不是。我以前在大学研究所工作，研究细胞。我不仅对自然科学有兴趣，还喜欢音乐和读书。每年都给文学活动当义工。"

"你喜欢巴赫？"

"对，你呢？"她看向我。我像点头机器人似的用力点头，同时奇怪自己为什么说了实话，身体动作却像在撒谎。

从机场进城的高速公路上没有其他车。我们拐过一个徐缓的弯，无边无际的麦田尽头的地平线上，骤然出现了一轮巨大的橘红色夕阳，豪情万丈地挂在天上，比我知道的太阳要大三倍。

"太阳真大啊。"

"你没见过大太阳？"

"没有。"

艾米丽似乎不理解我为何兴奋，只平静地说："秋收之前，有时候太阳特别大。"听她这么说，我陷入了闻到新麦香气之后的那种寂寞里。

到酒店时天色已暗。在停车场，就能隔着酒店玻璃墙看到十几人站在大堂的明亮灯光里。"他们都来了。"艾米丽说。我走向酒店，还没走到门口，就看见一个栗色长发的小个子女人盯着这边，露出仿佛见到旧相识的微笑。她比我稍微年轻些。我一推门进去，她便过来自我介绍："我是娜塔丽。"我粗略看过一遍参加者的简介，不过忘了里面都写了什么。我问她平时主要住在哪里，她飞快地回答巴黎，似乎觉得这个提问没有意义，并问我是不是之前住在汉堡，最近搬到了柏林。她怎么知道的？气味从她身体里散发而出，流淌到我这边，让我的情绪发生了变化。就是这个。这就是我刚才说到的"气"。艾米丽身上没有气，娜塔丽有。一个什么也不是的地方忽然有了意义。

一群人走向餐厅，在诗歌节帮忙的本地青年走近我，问："你读过《愤怒的葡萄》吗？"我熟悉的书名此时落回英语，我马上点点头。点过头后，才感到震惊，"愤怒"一词后面连着的是"葡萄"。

青年从斯坦贝克的小说，一直说到荒歉的年头儿俄克拉何马人大量向西迁徙，人口逐渐减少，很多人听说只要去了加利福尼亚就能找到工作，结果死在了西迁的路上。很多人到达西海岸后也没有找到工作。我想，看来青年想说的是这些人不如留在本地。在他嘴里，这些往事就像最近刚刚发生。也许这个热情地给外来人讲故事的青年，正在思考自己住在这个"什么也不是的地方"的意义。

进餐馆时，娜塔丽走到我身旁，手轻触了我的胳膊，不过马上被后面进来的人挤开，消失在大个子男人们的身后。长桌上放着"已预约"的标志，人们陆续落座。我正对面的座位还空着。等我坐定，发现对面坐了中国诗人。

吃完饭返回酒店，我闻着陌生的洗漱用品的气味，躺到床上。扭头便能透过斜上方的小窗看到月亮。夜空漆黑而平坦，没有一丝能让漆黑显出浓淡变化的云。月亮那么小。也许因为今天太阳太大，所以月亮小。月中有一只兔。兔应该有两只啊，为什么只有一只呢。凑近窗户，我像乌龟一样伸长脖子，还是只有一只兔。**夜光何德，死则又育？厥利维何，而顾菟在腹？**[1]兔子突然说道。啊，它在说什么？夜之光死后又会孕育再生？什么是夜之光？月？月亮沉落后之所以能再次升起，是因为有德？什么德？德究竟是什么？辛辛苦苦弄到手的品德，还是与生俱来的东西？有什么利益？月亮在养兔子？戴着草冠的兔，还是兔吗？

1　选自《楚辞·天问》，原书直接加粗引用了中文。下文加粗内容同理。

不停发问，永远不知疲倦的幼童。为什么，为什么，为什么，幼童始终在问，家长一一回复。为什么，为什么，为什么。小学老师说，要一直追问为什么。我变成幼童，不停地问为什么，为什么，为什么。长成大人后，依旧在问为什么，为什么，为什么。不知从何时起，我周围已被独裁占领，我没有察觉，还在问着为什么，为什么，为什么。因为提问，我被关进牢房。甚至想不起来是在哪里被捕的。我以为身在酒店，酒店房间忽然变成了单人牢房。能看见上方恍惚漂浮着一个四方框，也许是窗，我凑过去向外看，黑暗而遥远的下方摇荡着薄兮兮的月亮，所以下方有水。从窗框到黄泉，垂直延续着钢筋水泥墙。窗开着，任凭人随便跳下去，仿佛在说：想自杀就请自杀好了，你死了，正好空出一个房间。我战战兢兢走到门前转动门把，果然外面上着锁。入住时没有确认此处究竟是酒店还是监狱，是我太草率了。这个国家叫什么名字来着？我只是不停地提问，没有杀人，没有伤害他人。**遂古之初，谁传道之？上下未形，何由考之？**天地初始时，谁见到了？谁传道至现在？天地未分之时，何为道？道的依据在哪里？

质疑权威是不对的，质疑著名书里的内容是不对的。以《圣经》为名的书上已写好世界由何而始，我这种一无所知的人，任性地追问"天地初始时，谁见到了，谁传道至现在"是不对的。

我以为这就是被捕的原因，也可能是我想多了。说不定我的大脑发生了错位，变得麻木，曲解了状况而已。我想拼命回忆，却什么也想不起来。我拼命思考，却被机械声打断，无法继续。枕边的电话响了，前台打来的叫早电话。

我换上泳衣，披了一件酒店浴袍走出房间。酒店背面有一个约十米长的泳池，可以从餐厅旁的走廊里直接走过去。我从家里带来的拖鞋是别人给的，尺寸太大，很容易掉，而且太轻，穿着好像没穿，还莫名其妙地粘脚。拖鞋的毛巾质地让我想起日本家庭用的厕所拖鞋，不明白为什么非要穿这种东西，红格子也不喜欢。我以一身自己不喜欢的打扮，去本来不太想去的泳池，这种状态让我有种安心感。水泥地反射着惨白而残酷的光。

泳池里的水一片青蓝，就像刷了油漆，抬头仰望，头顶的蓝天清淡无聊，犹如泳池的虚像。问天，今天为何无云。我感觉自己来到了沙漠。

一个戴着墨镜的女人躺在躺椅上，头戴长檐帽，正在看书，黄颜色的书。她从书上挪开视线，看见我后连忙摘下墨镜。是娜塔丽。娜塔丽把手里的书举到额头那么高，是我的小说的法语版。我逃跑似的跑开。脱掉浴袍，把脚尖慢慢浸到水里。脚尖，脚踝，小腿，我的身体从最下面开始逐一背叛我，融入一片冷凉。我抬高手肘，慢慢走下水。蜜蜂一动不动地漂在水面上，我以为它死了，拈起扔到泳池边，蜜蜂没有落地，抖了抖羽翼，飞远了。

"你不怕吗？"泳池边传来声音。

"怕什么？"

"虫子。"

"昨晚的梦更可怕。"

"做了什么梦？"

"梦见我被捕了。"

"你杀了人？"

"没有。我问了太多问题，激怒了政府。"

"哪国政府？"

"我也不知道，一个现在还不存在的国家。"

"你觉得只要活着，这辈子就有可能被哪个独裁政府逮捕？"

"是的。"

在水中活动了一会儿身体，进到水中后，总觉得无事可干，我把手搭在泳池边，呼唤娜塔丽的名字，对着泳池边发问：

"你读过卡夫卡的《美国》吗？"

"没读过。"

"卡夫卡没来过美国，却写了一篇来美国的故事，最后到达的地方，就是这里。"

"这里？"

"俄克拉何马。更准确地说，是俄克拉哈马。哈马，在日语里是滨[1]，沙滩的意思，我总理解成俄克拉海滨。不过卡夫卡不懂日语，也许他有其他意图。"

"是写错字了吧。"

"错字也是作品的一部分。有时错字会袒露作

1　日语中的"滨"读音为"哈马"（hama）。

者想隐藏的秘密。总而言之，俄克拉哈马有一个剧院，全世界无论是谁，来此都能找到工作，像个乌托邦。"

俄克拉何马城的舞台，真的是能容下所有人的理想舞台吗？有的诗人比起写诗，更喜欢饶舌地解释诗。有的诗人只是隐藏在眼镜背后，刻板地将文字转化成声音。有的诗人无数次将掌心亮给众人，向前突出下巴，对听众热烈演讲。

我们分别做了自由演说。也许"自由"这个词用得不合适。在没有明示"哪些事明确不可做"的自由下，我没有追寻自由。如果有人让我说真心话，想知道我要在舞台上做什么，我也许会回答："如果允许，我不想登上舞台。"因为是工作，因为有义务，所以才登台。我不想当众丢人，不想让观众失望。我只有这种听天由命的消极想法。如果侵害健康的草是毒草，那么无毒也无药效的草，究竟是什么呢？

火的诗人上台了。他给观众展现了一张"我不畏惧，所以不加掩饰"的脸，他稍微一转头，他的肩膀，扭腰的姿势，瘦弱到反常的脚，都显示出一种独立危崖式的孤独。现在，众多听众为了听火的诗人的话语而来，而他，就像孑然独立在空寂无人的风景里。火的诗人从舞台右边横冲到左边，从左边横冲到右边，仿佛被囚禁在牢笼中的狮子。他忽然高举双臂，怒吼出声。忽然半蹲下，又猛冲到半空，落地的瞬间发出呻吟。他向后仰倒，朝天嘶喊。也许他在问天。天，究竟是宇宙飞行员要去的地方，还是权力者隐藏身形之处。也许诗人在被囚禁的岁月里，全凭向天愤怒嘶喊才保持了理智。也许雷雨的天空回答了他，给了他抚慰。也许平稳的晴空藐视了他，给了他痛苦。

不知何时，诗人开始背一种诗似的东西。明明有话筒，他没有用。明明观众离得不远，他发出高声。仿佛想在高亢的声音里寄托心情。可是，我听着诗朗诵，内心渐渐清醒了。昨天在餐桌上见到他时的内心冲击反倒淡却了。他越是旁若无人，便越像一出舞台上的戏。而这里，明明是什么也不是的地方。没有人愤怒，没有被捕的危险。在俄克拉海滨的世界剧场里，全世界来的艺术家们可以随心所欲。

喧嚣的演出结束，诗人走进后台，抱出一支身体那么高的毛笔。被夹在地平线和绝壁之间的孤独之人，犹如被囚禁于无可依凭的广阔与禁止呼吸的狭窄之间。若想对抗这巨大无俦的压迫，他要写几米大的汉字才能抒发情怀？

观众看到巨大之笔，哗然沸腾。诗人向观众咧嘴露出笑容。然后肩扛毛笔，在舞台后方的白墙上写起了巨大汉字。我从未见过的汉字。我的内心因为看不懂而发生动摇。不像是简体字，有的笔画极其繁多，有的笔画极少。难道因为过于巨大，我才看不懂？为什么看不懂我却认定那是汉字？

我想起几年前认识的诗人教给我的屈原的诗。屈原是诞生于两千三百五十年前的诗人，他自矜地说，周围的人听后似乎没有太多感想，只有我非常高兴，将"两千三百五十年"重复了好几遍，仿佛与我有关。我不记得在日本高中的汉文课上学过屈原的诗，也许只是我上课打瞌睡而错过了。屈原向天而问，而且问的不是恋人在哪里这种问题，而是穷究人世的问题。我能做到的，不过是有时对云呓语而已，一想到有人能向天纠问，就很激动。

走出剧场，为诗歌节帮忙的年轻人走过来问：

"你觉得今天的演出如何？"听声音我知道是那

个说了斯坦贝克的青年。我忘了他的名字。

"感觉就像一场狂风。"

"自然现象吗？不过，他不是自然的一部分，是因为参加了社会运动而被盯上了。"我被戳到痛处，没有说话。

大声叫喊着从座位上站起来的，是我的中学同学小林。老师吓了一跳，不再说话，警戒地紧抿双唇。小林同学右手挥舞着扫帚，冲向讲台。听不清他喊叫的是什么。老师慢慢躲到右边，小林似乎并不想袭击老师，只是冲到讲台左边，用扫帚狂乱地在黑板上写起了新学来的汉字。

又有几个诗人上台。休息时间我去了庭院，看见火的诗人像头猛狮一样四处奔跑，眼睛在笑。我用英语问他："你是狮子吗？"诗人调皮地用力点头："I am nature." 又连忙环顾了四下，仿佛担心被人看到他在直接用英语讲话。没人注意到他。我对着诗人，说了这样的话："你不是自然吧。你想改变世界的动势，所以被囚禁在了自然风景里。"

7

遭遇调查时，

就当作遇见了熊，

别和熊对上视线。

低下头，别让对方看到你眼中流露出的

烦躁、不安和轻蔑，

让这些感情向下斜斜流淌，

被泥土吸收。

我不知道他们是双胞胎，所以糊涂了好一阵子。现在想来，我先看见的是奥斯瓦尔德。我在腓特烈大街乘上有轨电车。慌忙赶上车的女人的急促呼吸，车轨的吱呀声，被窗框截出的城市风景。

　　电车一反常态，很空。除了对面的年轻男子之外，没有其他人。疲惫的腹下，缠绕在长腿上的布闪着丝绸般的光松松垮垮地摇晃着。古典式样的羊毛毡贝雷帽是蕴含着灰尘的深绿色。围巾花纹很奇怪，细看印的是坦克。亚麻鞋子的右脚尖上破了洞。破洞的断线给大拇指甲镶了边，有种怪异的挑逗感。贝雷帽下面的大脑究竟在想什么。那张脸立体而透明，仿佛能看见皮下之骨。冰凉的表情里混合着亲近和拒人千里。第一眼，觉得他二十几岁，看着看着，他脸上出现了复杂的皱纹，又觉得他可能三十几岁。

下一站，上来一群语言学校的学生。再下一站，上来几个拎着购物袋的肥胖男女。转眼间，车上坐满了。

高个子男人若无其事地上来，在车门关上的瞬间露出恶鬼表情，让所有乘客出示车票。我用颤抖的手从包里拿出车票，低着头出示了。车里没人说话，众人和我一样，都有车票。只有一开始就在车上的贝雷帽男子一动不动。高个子男人问他要车票，他只嘟囔了一句：

"车票太贵了。"

我从来没听到有人用这种借口逃票，心里不禁笑出了声。

"你，没买车票吗？"

"买不买不重要，问题是车票太贵了。"

"嫌贵不要乘车。"

"电车属于公众，谁都有乘车权利。"

"请在下一站和我们一起下车。"

"直到昨天还近乎免费，现在却一下子让我付这么多钱，这是诈骗。"

"你是东边的[1]？东边的也得守规矩，你难道不懂？请在下一站跟我们下车。"

高个子男人说着职业培训手册上的规定语言，中间夹杂着粗鲁，听上去十分生硬。能看出周围乘客都竖起耳朵在听。贝雷帽男子腾地站起身来，我连忙做好了一旦他们打起来就躲开的准备，不过他只是站起来而已，没有再大的动作。电车到站后，他老老实实地跟着两个查票员下了车，脖子和肩胛骨晃晃悠悠，显出一种满不在乎的劲儿。

在德国乘坐巴士和有轨电车时无须提前出示车票和月票，也没有检票口。取而代之的是抽查。如果被抽查到没有买票，需要支付车票三十倍的罚款。不小心忘了之类的借口是行不通的。有一个"无票乘车"的地下组织，成员坚持无票乘车，一直在计算买票和一次性付罚款哪个更划算，据说一次性付罚款要稍微亏一点点。看来交通公司做过精密计算，也许他们认为，在所有车站都设置检票口成本太高。虽然抽查检票员并不是靠暴力吃饭的人，不过这些人不是交通公

1　指东柏林（东德）。冷战时期，东柏林的有轨电车为国营，票价非常便宜。

司职员，被雇来检票而已。这些人穿着便装，几个人一起上车，在车门关闭的瞬间让所有人出示车票。没票的人需要在下一站下车，出示身份证明，之后罚款单寄到家中。

当明白这些装作普通乘客的人其实是来检查时，我总会毛骨悚然。也许我读了太多独裁背景的小说，总按捺不住胡思乱想。

有一天，一个小个子女性被抓住没买票。她皱巴巴的领口里探出一颗瘦小的头颅。女人好像不懂德语，头斜仰着仿佛在酝酿说辞，却未成功。她那好似在拖延的表情更加惹恼了检查员。也许这个女性仅仅因为一张车票而被查出签证手续不完备，由此被赶出德国。政府不能调查所有在路上行走的人，于是这样抽查车票，抽查饮酒驾驶，用这些理由调查正常生活着的人，试图找出逮捕的理由。只因为没有车票，就要出示身份证明，这件事无论怎么想都很荒唐。如果想完全避开这种陷阱，我可以模仿朋友，无论刮风下雨，还是在冰面仰面滑倒，抑或暴晒在太阳下，都骑着自行车穿过城市各个角落的间谍网。不过，我还是忍不住要坐电车。

我有过一次恐怖的经历。那时我在打工，买了月票。我向检票员出示月票，对方看错了月票上的数字，用轻蔑与憎恶交织的目光斜睨着我，高喊"这是上个月的月票"。他的眼神仿佛在说："你以为这种小把戏能骗到我？去你的吧，要不然是你不识数？不用问，你肯定是非法移民。"他的样子吓坏了我，我想解释月票毋庸置疑是这个月的，却说不出话来。对方看着我，仿佛在打量厨余垃圾，又看了一眼月票，终于发现看错了，说了一句"呃，抱歉"，慌忙把月票还给我，快步走开了。就算月票是上个月的，也不能因为一次无票乘车就把我当作厨余垃圾，当作吐唾沫的靶子。

　　出示车票时最好面无表情。这是在罗马尼亚暴力独裁政权下死里逃生的作家教给我的人生智慧。遭遇调查时，就当作遇见了熊，别和熊对上视线。低下头，别让对方看到你眼中流露出的烦躁、不安和轻蔑，让这些感情向下斜斜流淌，被泥土吸收。

　　对这些人来说，我们不是乘客，他们只是为了赚钱，才假称我们为客。实际上我们是猎物。抓捕的越多，他们越有肉吃。

那之后几个月过去，开始下雪了，夏天发生的事我都忘得干干净净。我参加了为话剧《云和蜘蛛》举行的选角会。因为是德语演出，云和蜘蛛的同音谐趣消失了[1]。我想着原本没有关联的事物通过翻译也许会产生联系，于是想到夏日之事与冬天之事间，也许还是有关联的。

这是我写的剧本，原本我不想对选角发表意见。文本一旦离开我的手，便归属于导演和演员了。但是那天赞助商说要来参观一个小时，我想着顺便打招呼问候一下，便去了选角现场。

开选角会的地方，过去曾是一所小学。现在教室几乎都用来做戏剧和舞蹈的排练场。从外面看，一排冷硬的巨大窗户，窗内五彩衣裳隐约可见。冷战时的违法游戏现在已是艺术。

导演说："我不想要那种正统话剧腔，想选些有趣的演员，没戏剧经验也没关系。"尽管如此，报名者几乎都是戏剧学校毕业的或上过舞台的，所有人都

---

[1] 云和蜘蛛在日语里是相同发音。

很有演技。我越来越如坐针毡。听着他们一本正经地说着我写的文本，不由得想，能不能不这么循规蹈矩。导演好像与我同感，眉头紧皱，嘴角微微地向下撇着。

我们提供三个段落，提前寄给参加者自由选择一个。震惊的是竟有一百多人报名，选角会要开好几天。这是第一天，赞助商打了导演的手机，因为航班被取消，赞助商无法从巴黎一早赶回来，今天来不了。我好不容易过来，打算再看一会儿就走。

连续看了十个人的表演。我感觉三次元的舞台变成了二次元，仿佛在看壁纸花纹的样品。演员们的声音也变得像在电车听见的邻座絮语，似近却远。我正准备离开，一个瘦瘦的男子走到前面，自我介绍说："我叫维尔纳。"他环视四下，与我对上视线。"其实我对舞台服装更感兴趣，还没上台演过戏，觉得让戏装说话也挺有意思的，所以报了名。"

说着，他拈起身上围裙罩衣似的衣服的下摆，开始对衣服说台词，像章鱼一样噘起嘴唇，眯细眼睛，说着说着头颅从脖子上独立出来，像蛇一样动起来了。随着头和脖子的分离，腰和腿也成了不相干的他者。

我忽然看见他穿着一双麻布鞋子，右脚尖上有个洞。我屏住了呼吸。他用力踏出步子时，洞里大拇指隐约可见。我惊呼一声看向导演，导演仿佛被章鱼嘴吸住了，目不转睛地盯着演员，没注意到我的惊讶。

一定是那天无票乘车的男子。仿佛能看见骨骼的立体五官，亲切与冷漠交织的奇异眼神。参加者表演完毕便离开了，我想飞奔出去，抓住那个叫维尔纳的男子，想告诉他我们曾在电车上遇见过。不过我犹豫了，坐在窗边没有动，看着维尔纳的背影从小学里出去，消失在学校前的树墙外。我庆幸自己没有追出去。

那之后我去了美国，忘了维尔纳有可能被选中的事。后来他们告诉我开始排练了，我因为忙，没太在意。忙碌很像溺水，人忙碌时会做很多毫无意义的动作消耗体力。我把该读的信件放到冰箱顶上忘了读，却为电话公司寄错的催告函而花费一整天时间写了抗议信。

风信子开始开花时，他们联系我"我们希望在宣传海报上用这张照片"，并发来一张照片。我熟悉的三位剧团女演员围着维尔纳。他被选中了。

八重樱开了。我的惯例是不去看排练，期待在首演时看到惊喜，不过这次偶然去了一次排练场。我从腓特烈大街站乘上有轨电车，不禁想起了那天的事，恍惚觉得穿着肥大裤子的维尔纳就坐在我对面。

到了排练场，排练刚结束，看来是我弄错了时间。他们说，好不容易来了，一起吃午饭吧。女演员们擦着汗，散发着外人难以体会的愉悦的身体语言，收拾着衣服和小道具。维尔纳去别的房间换衣服了。我决定和他们吃完午饭后再回去。

把膝盖弯到九十度，让腿滑入长桌和长椅之间的缝隙，我发现旁边坐的是维尔纳。众人开始要喝的，维尔纳向我打招呼，做了自我介绍，于是我试着说道："之前我们见过面呀。"话一出口，我丧失了自信。正面看着维尔纳的脸时，觉得他就是那个被抓住的无票乘车的男人，现在这样相邻而坐，在奇妙的悠闲气氛下，他又变得不像了。虽然我不敢确信，不过话已经说出口，不能半途而废。

"我们在电车上见过，就是那次，你对检票员说车票太贵，不想买。检票员说嫌贵就别上来，你回答电车是公共的，谁都有乘车的权利。听到你的话，我最开始很吃惊，后来觉得有道理。不过，也许是我认错人了。要是真的认错了，那我要说声对不起。"

维尔纳笑得鼻子周围都皱了起来："你可能遇见我们双胞胎的另一半了，他是奥斯瓦尔德。"说话间，他嘴里散发出尼古丁味儿。

"奥斯瓦尔德经常故意不买票，被查到好几次，但从来没付过罚款。"

"为什么？"

"他觉得没有付罚款的理由。认为车票太贵，没有买票的必要。罚款实在太没道理。"

"好吧。"

"也许他觉得仅仅是白坐几次而已，不买也没什么，可是拒绝支付罚款是违法行为，我有些担心，他会不会被抓起来。"

"如果因为没钱，支付不了罚款呢？"

"那就需要用义务劳动代替。我弟弟真的没有钱。"

"你们双胞胎，只有脸相似？"

"我在努力做到不相似。"

"但你在担心他。"

"你好像更关心他啊。"

"你说可能会被捕，我有点儿放心不下。"

"这是因为什么？"

"我认识一个被判终身监禁的人，不过忘了他的名字，他给我写的信不知放到哪里了。只有找到那封信，我才能从这种很难说清的情绪里解放出来。"

之后有很长时间，每当乘坐有轨电车，我都异常在意旁边的人有没有买票。尤其在意稍微与众不同的人。就算与众不同被允许，若没有车票，就有可能被带走，从此消失，无影无踪。一个女人用鲜红的尖指甲轻轻抓着一根完全剥了皮的裸体香蕉送入口中。世间常识是吃香蕉时把皮剥到一半，用手捏着带皮的部分，她却在公共场所完全不顾他人视线吃着赤裸香蕉，如果现在检票员过来，她会用被香蕉弄黏的手指从包里拿出车票，将黏糊糊的车票递过去吧。

有个男人在搔头。说是搔头，并不是毫不犹豫地将手插进茂密头发里搔出飞雪般的头皮屑，而是将右手食指穿过虚掩着头顶的薄发，小心翼翼地搔着头顶的一个点。只搔这一个点，其他部分完全不碰。真的不会弄出洞来吗。为什么只执着于那一点呢。那包着脂肪的丰润脸庞，红领子，覆盖着金色汗毛的胳膊，勒着戒指的粗手指，都被他忽视了，好像不存在，只有头顶那一点得到了注意。如果现在检票员出现将会怎样？

车每到一站，我都紧盯着上来的脸，想认出那些怀里偷偷揣着检票任务的间谍。

连续好几站没有人上下，我转到另一个车厢。两个大腹便便的男人喝着啤酒聊天，看都不看两个就站在他们身边的裸露着小麦色大腿的年轻女人。其中一女用拿着手机的手勾着银色栏杆，冲着我的手机屏幕上，一张漫画脸正拼命说着什么，女人只顾着与身边的朋友说着职场发生的恶心事，忘了自己手里还拿着手机。

有轨电车原本属于践行社会主义的东柏林，西柏林没有。墙塌后，有的路线延伸到了西面，大部分至今仍在东边。我初遇奥斯瓦尔德的一号线，驶出腓特烈大街站后，渡过施普雷河，沿着残留有社会主义时代氛围的大众剧院行驶，一路上看到衬衫、烤香肠、玫瑰、桌布、皮包、手机、周刊杂志和西红柿充溢在各家店前，让人感觉一枚硬币就能买到世界。从前的秘密警察的地界里充斥着商品，无可抑制。忽然，商店都消失了，接下来是几个莫名阴暗险恶的街区，之后出现了傲视周围的潘科区[1]政府大楼，对面矗立着略带寒意外观上毫无特色的购物中心。电车里越来越拥挤了。空着手的二十几岁年轻人不见了，带着很多东西的三十几岁的女性，尤其是带孩子的人越来越多。电车继续向东，一路开进公寓鳞次栉比的居住区域。

之后又过了几个月，话剧公演了。我去了位于克罗伊茨贝格最边缘的剧场。因为是夜晚，背后横亘而过的大河看上去深不见底。河边没有常见的人行步道，也没有餐馆，从前这条河是国界，至今依然残留着紧张气氛。我去得太早了，就转到剧院后面看河，维尔纳向我走过来。我开玩笑地问他："你不去准备演出，真的不要紧？"他困惑地笑了，猛地伸出手，自我介绍说："我是奥斯瓦尔德，今天来看维尔纳第一次上台表演。"他和维尔纳五官酷似，脸颊更凹陷，

---

1 同下文的"克罗伊茨贝格"，都是柏林市的一个区域。

头发干如枯草，脸色青黑。肩膀很宽，却没什么肉，手指在微微颤抖。"是这样啊，早听说你们是双胞胎兄弟。理所当然，你们长得可真像，不过也有不一样的地方。"我匆忙说了一番可有可无的话，奥斯瓦尔德听着，脸上微有警戒之色。

演出结束时，我看见维尔纳抬起头仿佛忍着炫目的光在观众席里拼命寻找着谁。我坐在第一排，站起身四下看看，奥斯瓦尔德坐在最后一排靠近出口的地方，我飞奔过去问："太精彩了。他作为演员出道了呢。作为弟弟你有什么感想？"奥斯瓦尔德看着我，似乎有话想说，却什么也没说。没办法，我讲了那天的事："其实我见过你。在有轨电车上。电车是供我们使用的公共设施，收费高不合理。这是你说的吧？"奥斯瓦尔德惊讶地睁大眼睛："你在那趟车上啊。"我点点头，有些不好意思。奥斯瓦尔德倒好像松了一口气："那之后我又被抓了三次。""你故意不买票的？"奥斯瓦尔德不置可否，只说："我付不起罚款，所以没有理睬。"若是被抓住几次，罚款估计有几百欧元，他如果生活困顿，确实付不起。"那你想怎么办？"奥斯瓦尔德没有回答，只是尴尬地笑了笑。

奥斯瓦尔德只来看了第一场。我每场演出都看了。一天在回家路上，我忽然很想去几年前去过一次的咖啡馆坐坐，那里有种电影院的气氛，去的都是独客。记得拐过前面那片墓地，走一会儿，再进一条小街就到了。能看见哀愁的红色招牌的小街。我找了左边的小街，找了右边的小街，都看不到招牌。最后一条小街上，路灯落下圆光，划出徐缓的弧线，完美地体现出透视关系，近大远小，逐渐消失，路上稀稀拉拉站着几个消瘦的男人，都腹部紧实，白色半袖衬衫下看似在故意隆起着结实的肌肉。他们谁都不看这边。最终我没找到咖啡馆，只好回了家。

在电车上仔细观察乘客的毛病很难改掉。乳房下方的纽扣快要崩开的白发女性。除了半根掰开的法棍没带其他东西的年轻人。法棍的白茬上微微沾着口红。没有刮风鬓边头发却向后飘曳着的少女。被怀中的盆栽柑橘树遮去面容的女人。不知为什么故意解开鞋带趿拉着鞋下了车的男孩。

奥斯瓦尔德每次收到政府寄来的信件，总是扔到冰箱顶上，想着以后再读，却经常忘了读。他讨厌看见这些信件出现在书桌上，所以从信箱里拿出信件直接扔到冰箱顶，直到信件的小山坍塌。他的书桌上只轻飘飘地放着一张纸，画画用的。

奥斯瓦尔德小时候，有人问他："你喜欢画什么？"他回答"画人"，然后被嘲笑了。此人是奥斯瓦尔德父亲自幼的朋友，有段时间经常来，后来不知为什么突然不来了。"你那个朋友再也不来了吗？"奥斯瓦尔德问。父亲用奇怪的口气说："那人只是假装朋友而已。"

奥斯瓦尔德的父亲是职业画家，主要画绘本和儿童教科书插图。奥斯瓦尔德第一次看到父亲画的鸡时吃了一惊，仿佛看到一只鸡从市场农妇手中逃脱，四处乱跑，羽毛赤红如火，活生生浮现于纸上。奥斯瓦尔德不相信这只是一幅画，不禁伸手去摸。父亲问他："你喜欢这张画？"不过父亲脸上的表情并不开心，奥斯瓦尔德想点点头，又犹豫了。

"这幅画是别人指定的，是工作，迫不得已。这些才是真正的画。"

父亲说着，摸到厨房餐桌底下，揭下粘在桌面底下的大信封，掏出一些铅笔画，给奥斯瓦尔德看。画上的东西好似一些长着毛的嘴唇，没有涂色却莫名感觉鲜红。唇中牙齿闪着利刃般的寒光。还有眼珠的画。眼球表面的血管仿佛连绵的文字。有的画着数不清的蝌蚪，光看都觉得身上发痒。奥斯瓦尔德看了三张便累了，跑到外面去玩了。父亲严肃地说："不许把这些画告诉任何人。"奥斯瓦尔德很高兴，觉得自己得到信任，被托付了一个秘密。母亲似乎不知道这些画，那天她从工厂下班回来，看见父亲正在餐桌上描绘着精美插图，露出了满足的笑容。父亲经常说，餐桌比书桌好用，在餐桌上画得更顺手。

那时，奥斯瓦尔德以为自己是独生子，还央求过妈妈说想要一个弟弟。

那是一个星期六。父亲彻夜未归，奥斯瓦尔德非常担心，不想睡觉。母亲催他几次，他才躺倒，在不知不觉间睡着了，清晨五点醒来起床，从父母卧室的钥匙眼向内窥看，看见母亲一个人俯卧在床上，被子掉到了地上。奥斯瓦尔德去厨房喝了水，看着窗外两只松鼠在树上爬上爬下。母亲八点钟起来，嘴上问着"起这么早"，心却好似彷徨在其他地方，几次神经质地看了窗外，然后突然蹲下身子，从餐桌底揭下了大信封。

"我去一下邻居家"，母亲拿着信封出了门。什么啊，妈妈知道这些画啊。奥斯瓦尔德有些失望。他以为隐藏的画是他和父亲两个人的秘密。母亲很快回来，手里的信封不见了。也许送给了邻居。也许母亲在为父亲的彻夜不归而生气。没过多一会儿，激烈的敲门声响起来了，进来三个陌生男人。母亲不停地解释着什么，下定决心要挡住这些人，绝不让路。奥斯瓦尔德站在走廊里，看见几人争执了片刻，三个男人当中个子矮得出奇的男人一手推开母亲的肩膀走了进来。他们先去了卧室，窥探了床底，翻看了书桌抽屉，从衣柜里拉出叠得整整齐齐的内衣，检查里面是否缝了东西，之后胡乱扔到屋角。这些人翻空衣柜后，又将窗台上的绣球花连根拔起，把泥土甩到地板上，他们究竟想从泥土里寻找什么呢，秘密地下室的钥匙吗？三人走进厨房，斜睨了后背紧贴墙壁站立的奥斯瓦尔德，然后打开餐具柜，摸索了买菜篮子，三人的鼻息越来越粗，没一会儿就掀倒了四把餐椅，将餐桌面朝下翻过来。啊，他们在找那个东西。奥斯瓦尔德明白了。为了不被这些人抢走，所以母亲刚才拿着画去了邻居家。这件事绝对不能告诉别人。坚决不能说出"邻居"这个词。绝对不能看那个方向。三人问他："小孩，你都知道什么？！"奥斯瓦尔德惊恐得仿佛被扼住了脖子。幸好，他太害怕了发不出声音，没有说出不该说的话。

男人们走后，母亲一屁股坐到客厅的旧沙发上，好一会儿动弹不得。母亲平时看到房间稍有杂乱就会动手收拾，今天却像待在别人家一样没有动。奥斯瓦尔德喜欢椅子翻倒的样子，可是那天他高兴不起来。倏忽之间，他的少年时代已经结束，一切都暗淡了。

两天后，父亲回来，表面上和以前一样，但哪里变了。父亲开始每天刮胡子，憋在自己房间画画。奥斯瓦尔德过去看，都是些教科书插图似的画。即便是这样，奥斯瓦尔德也喜欢父亲的画。他看到收割机、麦田和奶牛从画家指缝间渐渐流淌而出。在见到真正的农场之前，奥斯瓦尔德便可以模仿着父亲画出来，在学校的美术课上经常被表扬，美术老师几次劝他去上美术学院。

有一天，维尔纳回家了。奥斯瓦尔德和维尔纳是双胞胎，当时在另一座城市里有一个用同卵双胞胎做实验的国立研究所，把兄弟二人接走观察，原本要将二人都留下，父母托了一个能说得上话的熟人，央求能不能给他们留一个孩子。熟人绞尽脑汁，对研究所说，让一个孩子留在普通家庭里长大，另一个在研究所里接受精英教育来做对比研究更有价值。所以只有奥斯瓦尔德回到了父母身边。

维尔纳幼年便被放进研究所研制的"二十四小时语言库"里学习外语，被固定在机械上锻炼肌肉，被关进高氧房间睡觉，有时不吃饭只吃维生素。他还稍微记得一点儿机械的事儿，若问他孤独吗，他不知该如何回答。他不记得自己哭过，不记得受过欺负。研究所准备将对照性研究常年进行下去，但是途中预算变少，研究被迫中断，维尔纳被送回了家。父母高兴极了，仿佛童话里的老夫妇突然从精灵那儿获得了一个孩子。奥斯瓦尔德想到与自己同岁的少年从此要住在家里，兴奋了很长时间，即使有人告诉他，他们是双胞胎，他也不敢相信。两人虽是同卵生，此时外貌并不相像，身体肌肉和面部表情也大相径庭。

奥斯瓦尔德冲到外边，维尔纳也跟着去。奥斯瓦尔德把空罐头放到墙上，用石子打着玩，维尔纳马上模仿。一个捡起树枝玩击剑，另一个立刻跟着学，两人模仿着玩了很多竞技游戏。有了一个好玩伴，奥斯瓦尔德抑制不住开心，疯狂地挥舞树枝。维尔纳却中途停下手，设定出更复杂的情景——"你假装是一个很会用剑的骑士，故意扮弱输给我看看"，"我假装右腿不能动"，"你假装注意力被别的事情吸引走了，不能集中精力比赛"。

不仅是击剑，奥斯瓦尔德喜欢不假思索地疯玩，嫌弃维尔纳提出各种复杂设定太麻烦，有时玩着玩着忍不住生气地大声叫喊。有一次，两人爬上家旁边的大树，从树上窥看厨房。维尔纳指着坐在餐桌前愉快说话的父母，小声说："假装他们是我们真正的爸爸妈妈，现在我们回去，假装是他们的亲生孩子吧。"奥斯瓦尔德听得脊背生寒。

奥斯瓦尔德不是懒虫，只是不擅长在规定期限内提交资料。他最不愿意做的事，就是在文书上填写私人信息，只要看到有纸张被细线分割出无数格子，就烦躁得不得了。他不想看见平直的线，想划些斜线。他才不甘心被横平竖直的线禁闭住呢，即使是状如栅栏的芦苇，也会有风吹过呀，芦苇！给我随风摇曳变成斜线！

迄今为止，奥斯瓦尔德因为不喜欢填表吃了很多亏。他想上美术学院，要来申请书，放到了冰箱顶上，直到过期了才想起来。他想着第二年再去申请也行，就去打了零工，不知不觉间第二年的申请也截止了。他第一次有了女朋友，女孩让他帮忙寄一封信，他把信放到了冰箱顶上。女孩研修旅行回来，发现参加不了舞蹈学校的考试，和奥斯瓦尔德吵了一架。后来，每当女孩提起这件事，他都有一种被愤怒扼住喉咙的感觉，最后连看到女孩的脸都觉得非常痛苦。

奥斯瓦尔德从没想过要去改正这个毛病。他慢慢觉得，他做什么都不顺利，是因为继承了父亲的失败者基因。柏林墙崩塌的那个月里，父亲曾长舒一口气，两眼放光地说："墙塌了，再没有什么可怕的了。"可是没过多久，父亲变得眼神暗淡，背也驼了。再后来，父亲的眼睛开始凹陷，被胡须围绕的干涸嘴唇再也发不出声音。奥斯瓦尔德离开家独自居住，去看望父母的次数越来越少，去维尔纳那儿则越来越频繁。

每次看见维尔纳的脸，奥斯瓦尔德都会觉得哥哥是个优秀学生。但特别奇怪的是，维尔纳在学校换了无数专业，从学法律，变成学政治，变成哲学，不知何时又变成了戏剧理论。奥斯瓦尔德开始从哥哥那里借书看。父亲第一次自杀未遂住院时，双胞胎之间的血肉牵绊忽然复活，从前几乎看不出是同卵生双胞胎的脸，从这时起，变得越来越肖似了。

无票乘车的罚款通知书寄到之后，被奥斯瓦尔德扔到冰箱顶上忘记了。催告函寄到时也一样。他不是故意无视通知，这只是他的日常习惯，如同挥手赶开飞舞的蚊子。他知道自己收到了好几次催告，觉得反正也没钱付，打开看了也是白看。

有一天，他被门铃声催得烦不胜烦，生气地打开门，门口站着三个男人。之前也遇到过同样情况，上次怎么脱身的来着？他拼命回想，却怎么也想不起来。三个非常饶舌的男人，奥斯瓦尔德听不懂他们在说什么。他们好像在说奥斯瓦尔德没有主动自首。

"我没收到通知。"

"最后一封通知是你亲自签收的。"

"好像是签收过，那天我有事，没能去成。"奥斯瓦尔德想找借口。对方却说，信上明白写了，如果临时有变，需要事先打招呼，任何招呼不打，直接缺席就是违法。

那个时候，奥斯瓦尔德感觉自己不再是自己，变成了愤怒的橡胶玩偶，胳膊一下子变长，打到了喋喋不休的男子的嘴上。他感觉距离自己遥远的地方一片吵嚷，不由得退后一步，踢打眼前的墙壁，推开障碍，拼命挣扎，然后被人按倒在地上。

奥斯瓦尔德说完这些之后沉默下来。我已经从维尔纳那里听说了。"所以你被关了三个月？"他没有说话。我连忙铺陈各种道理，阐述无票乘车不该被这样重罚，他脸上的迷惘才慢慢消退了些，讲起了牢房里的三个月："也不算太糟糕。"

虽说是进了牢房，心情上和刚进学生宿舍差不多。房间狭小，不过有桌椅和床，墙上贴着规则纪律和日程表。监管问有什么需要的吗，他说想要纸。监管回答厕纸就在马桶旁。他说不是厕纸，想要白纸。能画画的白纸。监管给了他二十张白纸。他把自由时间全部用在了画画上。没有可描画的对象，最开始他画了高墙上方的小窗。画厌后，坐在地板上画了椅子，第一次深入思考了椅子的定义。

这样过了一星期，监管通知他第二天要去室外干活。早晨五点他被叫起床，乘上窗上有栅栏的面包车，被带到工作地点。同车人都很年轻，有人仿佛幼小的五官被生扯成了大人的形状，有的人脸就像石块组合成的。面包车开到一处公园，负责指挥的两名社工递过来大透明塑料袋和工作手套，让他们捡垃圾，拔除杂草。他们犯的是轻罪，两个社工个头都不高，神色和蔼。奥斯瓦尔德闻到久违的植物气息，走遍了公园各个角落。地上盛开着如细小垃圾的白花。你究竟是花，还是垃圾。奥斯瓦尔德把花的样子烙入心底，决定回去画到纸上。地上还落着烟头，落着糖纸，他没抽过烟，也不记得自己喜欢吃糖，此时却觉得无比亲切。

一个同伴捡着垃圾走过来。奥斯瓦尔德一个星期没有和人说话，非常怀恋与人对话的感觉，就问对方："嗨，你干得还顺利？"那人抬起头，警惕地瞅他。奥斯瓦尔德又问："我没来过这个公园，你呢？"

对方皱起眉，冷淡地说："来没来过，有什么关系。"对话就这么结束了。奥斯瓦尔德找其他人说话，其他人的反应都很冷硬。他想，没办法，这三个月只有放弃交朋友的想法，专心画画好了。每天都去各个公园捡垃圾，慢慢地习惯了，开始寻找地上有没有好玩的垃圾，抬头看附近有没有人。有一天，他抬起头，看到一个身穿白得闪光的连衣裙的女子从不远处走过，他的心脏一下子爬到嗓子眼，等他察觉过来，才发现自己已经向女子打了招呼："啊，请问……"女子吃惊地停下脚步，回头打量奥斯瓦尔德身上的工作服，又打量了其他穿着工装在附近怠工闲聊的一伙人，好像明白了情况，低着头快步离开了。

那之后的一年时间里，我没再见到维尔纳和奥斯瓦尔德。我写好了新剧本，演出资金筹措完毕，时隔很久去见导演，得知这次的演员里也有维尔纳。于是我在首演之后的派对上有机会和维尔纳说了话。

听到我问奥斯瓦尔德最近可好，维尔纳脸色一变。他说奥斯瓦尔德又坐了三个月牢，现在好不容易出狱，因为遭遇了不好的事，元气大伤。维尔纳很担心，希望我去看看奥斯瓦尔德。我拿到电话号码打过去，约好在一个玻璃墙外就是有轨电车轨道的咖啡馆见面。

一年未见，奥斯瓦尔德的肩膀和脖子贯通着豹一样的警戒感，鼻子变细，显得高耸，两眼炯炯，耳朵变大了。也许是因为头发少了，所以显得耳朵格外大。他脸色苍白，声音失衡般地响亮。中午的咖啡馆人很少，很安静，服务生在柜台内失手摔碎玻璃杯，破碎之声让奥斯瓦尔德浑身颤抖。

"你看上去状态不好，不要紧吧？"

"维尔纳都告诉你了吧。"

"你又进去了？"

"这次特别糟糕，也不是单人牢房。"

"所以你没画成画？"

奥斯瓦尔德听到我的话，才第一次露出一丝高兴，"没有。光保护我自己就费尽了力气。我还需要一副耳塞"。

"耳塞？"

"整天不得不一直听别人说话是最难忍受的刑罚。每个人都把过去挨过的脏泥似的话再次扔到其他人身上，而且是带着血的泥。"

我也难受起来，就打断话题："为什么又不买票就上车了呢？"奥斯瓦尔德没有回答。我忽然醒悟过来，于是重新问：

"为什么仅仅是无票乘车就要遭受这种惩罚？"

"他们在恐吓我，不许再有下一次了。他们把我和杀人犯关在一起，认为如果不这么做，我还会反复故意无票乘车，认为会有人模仿我。"

"他们担心监狱的日常开支会增加？"

"这是一方面。关键是国家不允许我这种人存在。"他见我不再说话，忽然来了精神。"为什么你对我入狱的事这么感兴趣呢？太奇怪了。维尔纳让你来假装关心我一下？"

"不是的。我知道的一个人进了监狱，写来的信被我弄丢了。我心里一直有牵挂。"

"你找到信又能怎样？"

"先不说这个，你为什么不去上美术学院？"

"已经晚了。"

"去年有个七十岁的人上了美院，你也知道的吧？"

"有人越来越成熟，有人只是虚长了年纪。"

"我替你去要一份入学申请书吧？"

"我自己去就好了。"

"那我替你扔掉冰箱吧。只要叫人来收大件垃圾就行，很简单。"

当晚，维尔纳打来电话，问我奥斯瓦尔德的状况。我简单地汇报说，奥斯瓦尔德看上去很疲惫，不过，也许会从此往前走了。维尔纳沉痛地说他非常担心，最近去看奥斯瓦尔德也叫不开门，奥斯瓦尔德似乎不怎么吃东西，他也不知如何是好。维尔纳颤抖的声音里充满了焦虑。"你父母也很担心吧？"我问。他低声回答我："母亲正在住院。就在奥斯瓦尔德入狱的三个月里，父亲自杀了。"

8

无论因为什么杀人，

最终贝承认杀了人，

为此赎了罪，

回来之后，

人们就像什么也没有发生一样

重新接纳了她。

计程车司机不从正面看乘客的脸。后视镜里能看见乘客走近的身影，看见客人横倒上身，弯腰钻进后座，为了从屁股底下抽出压皱的大衣下摆而蠕动下半身，头撞到车顶，终于竖直上半身坐好。下一个瞬间，面孔映入后视镜。后视镜截出一幅横长影像，仿佛截取了人的肖像。这种肖像比真实人脸更容易被记住吧。如果之后得知乘客不巧是个通缉犯，轮到计程车司机作证，司机可以自信地说："那人有一张宽额大脸，眼角下垂，蒜头鼻，肿眼泡，几乎看不见眼珠子，尖耳朵的位置比眼睛还靠上。"如果司机被问到后视镜中的我是什么模样，不知他将如何对答。看看后视镜，当然镜中没有映出我。

司机扬起下巴，玩味镜中的我，口气粗鲁地问我去哪。我报了路名，他没点头，车已向前滑动。

从杜塞尔多夫[1]车站出来时，斜挂的冬阳投下淡薄而清晰的光。无论是工地卡车、百货店的橱窗玻璃，还是路两侧扫起堆积的白雪，看上去都在以同样静谧而轻快的心情迎接节日。可是天空忽然转成阴沉铅色，太阳西沉的速度随即变得暧昧难测，我的心情也不由自主地随之黯然。商店橱窗里被灯光打亮的三个塑料模特一派寂寥，为什么没有眼睛也没有嘴巴呢？

计程车夹在前后车之间，慢吞吞地行驶在被路边积雪侵占的路上。市中心的工地多得出奇。圣诞节前一天的午后是休息日，工地上看不见工人，只有盖着钢筋的塑料布在风中扬起一角，来回挥着手。人行道上的行人们拿着快要拿不了的大量购物袋，意识不到他们此时已被购物袋上的鞋店百货店的名字埋没，变成了行走的广告牌。一个女人空手走着，每迈出一步，鲜红短大衣和皮靴之间都大胆地亮出膝盖。这女人连个手提包都没拿，太不合情理。难道遭遇了强盗？

---

1 德国西北部城市，也是著名的会展业城市，经常举办国际展览会。

我扭过头，想确认她的表情，可是信号灯变绿，计程车向前开出，女人也在人群中湮灭不见了。

车开出市中心，视野变得开阔起来。天空被浑浊的颜色覆盖，夜色并不似我想象的那么重。不知天空是想随云变暗，还是想走入黑夜。因为有雪，郊外比城里明亮得多。越往郊外行进，雪越发大胆地成了风景的主人。屋顶形状和树木矗立之姿看上去都像铅笔胡乱勾勒出来的，波浪般地在道路两旁形成了随心所欲的墙。雪看上去那么深，一只脚踩上去，不知要沉陷到哪里。农田被剥夺了名字，化作无垠的白，用"白纸"来形容又太单薄，总感觉下面还藏着什么。

视野里零零散散出现了住家的屋顶。车子减速，向前猛晃一下停住了。司机气哼哼地说："再往前进不去了。"我僵坐在后座上没有说话，司机没办法，稍微放软口气，附加了一句说明："这是条死路，前面没法掉头，雪把地方都占了。"

左左右右都是除雪机铲出的雪山，筑成了雪门。进了这门，大概就能找到我要走的路。我不知道这路有多长，路上有没有积雪，要走多远才能找到我想去的房子。司机见我不肯掏出钱包结账，叹气里交织着烦躁，"不怪我，我也没办法。麻烦你走过去吧"。我们的视线在后视镜里合拢，他那小孩似的懊恼表情里又多了几分挑衅。我故意慢悠悠地打开钱包，尽可能地搜罗出无数硬币，缓慢地往总额那儿爬。除此以外，也想不出其他报复手段。司机总说比起大钞更喜欢收零碎钱，要是零碎到我现在的程度，想必司机能感受到他的人格在我眼中有多么零碎。

硬币在指尖叮当作响，我渐渐平静下来，觉得独自站在雪中也许不是坏事。都走到这里了，还有什么不安的。更何况，这个叫作"我"的人物，要去一个几乎陌生的家共度圣诞节前夜。该担心的不是迷路，而是我得加把劲儿，无论误入什么样的陌生家庭都要努力做一个受欢迎的人。

我伸出攥着零钱的拳头，司机向后扭五十度角亮出的微黑下颌是那么真实，刚刚黄昏，那胡子已经茁壮地发了芽。这种男人的胡须长度可以当作钟表来看时间。胡须的势头那么威猛，皮肤更显得筋疲力尽。大概他想避开麻烦，最小限度地履行完工作义务，尽早回家喝喝啤酒看看电视早些睡觉吧。

看来，白雪也洗不掉我一日的坏运气。先是柏林到杜塞尔多夫的列车在雪中停了一个小时。若是小延迟，列车员会反复用广播通知乘客"本车将延误四分钟"。如果延迟一小时，车内广播就会哑口不言。我本来擅长对付这种延迟。换在平时，我就当身在图书馆，读读书，听听音乐，不看手表也能悠闲地度过几小时，但是今天列车刚停几分钟，我的怒火已要漫溢。我想告诉在等我的人火车晚点，却找不到手机，一定是忘在其他大衣的口袋里了。

　　一个月前，我认识了布丽塔。结交朋友不是什么稀罕事，这次不同的是，我没来得及说自己是作家。因为腰痛越来越厉害，我参加了周末的背骨体操班。同班十二人年龄和气质各异，我们先做了自我介绍。如果我说自己是写小说的，每次必定有人事后过来说："其实我也在写小说。"要是这样，我好不容易轻松下来的背骨又会疼起来，为了背骨，我决定不提自己的工作，想编造一个没人感兴趣的职业。不过万一有人问起，我回答不了的职业也很麻烦。究竟什么职业是众人不感兴趣，而我能从容回答的呢？想来想去，我自我介绍说："我是教日语的。"如果有人问我在哪教日语，我打算说是企业私聘的教师，正为这个月没工作而苦恼。我自以为在大学和企业做过临时日语老师，有真实经验，也没有用真名，只告诉众人我叫彩子，所以不会出问题。

哪知我想得太简单了，第一天的课间休息，就有一个孩子两眼放光地走过来，问我："你是日语老师？真棒。"糟了，我想。她一口气问我："我弄不懂日语的形容动词和动词，很多年前觉得不就是在名词上多加一个だ吗？只要让だ发生变化就好了，两种到底有什么区别？"她说"很多年前"，可看上去不过二十几岁。难道她从婴儿时代就在思考日语的形容动词吗。这孩子名叫布丽塔，瘦瘦的，微微泛红的头发香气怡人，发音悦耳，整齐的牙齿无可挑剔。内疚覆上我的脑膜。半天挤出一句不负责任的话："你就当形容动词不存在也是可以的。"我想找些其他话题，眼神在半空中飘移，撞到日历上，就随口说"马上就到圣诞节了呀"。后来我才明白，这句话才是真正的不该说。

无论我说什么，布丽塔都点头，葡萄般的绿眼珠熠熠闪亮。我的假话栽种进花盆，瞬间发了芽，需要照看，不能让它枯死。布丽塔每到休息时间都找我说话，第二天休息时我躲进厕所，周末好不容易过去了，我刚松口气，第二周在家附近的水果店又遇上她。"你住在这附近？"她问。我来不及编造，不由得说出地址。不得不受邀跟她一起喝了茶。面对面坐着，假话几乎要从鼻孔溢出来，我必须说些什么。

"就算是按规则变化的日语动词，变化的也只是词尾，你只要把词尾当作动词，把词干当作名词就好了。就是说，只有词尾具有动物性，会动，剩下的词干是植物，动不了。但是不规则的动词该怎么办呢？会不会有人静坐冥想，结果下半身变成了植物？"

我漫无边际地说着，布丽塔嘟囔了一句："这么说的话，形容词也可以是不存在的，只要把词尾当成动物就行了。"我想换个话题："马上就要圣诞节了，你怎么过节？"布丽塔皱着眉答了句"回妈妈家"，然后马上双目放光："来る（kuru）变成了来ない（konai），K 是不变的，对吧？日语不用字母，为什么在语法里会有 K 要素呢？"布丽塔的脑子里展开了梦语法的无限空想光环，越说越起劲，根本不管我想换话题。看来，回家过节令她不开心，不如空想日语语法有趣。

这时我想出一个好主意，便告诉她，我一想到日语语法就脊背疼。上班时间毕竟是在工作，不得不谈语法，不过，一想起和同事因为意见不合而发生的争执，我就难受得不行。现在好不容易是业余时间，我想抛开工作，请不要再提日语语法了。布丽塔干脆地答应了。

我以为与布丽塔就此不会再有来往，可是接下来的那个星期，我收到她的信，问我愿不愿意一起去看电影。我本来不想回信，不过我们住得不远，以后很有可能在路上偶遇，没办法我跟她去看了一次电影，打算在回家路上说出实话。

布丽塔选择看那部电影，只因为那是一部日本电影，哪知是个惊悚至极的片子，一群剃着寸头肌肉发达的男人在停车场斗殴，不仅互相猛击肚子，踹裆，接下来竟然把一个男人绑起来，用裁缝剪子剪掉了被胸毛覆盖的小乳头，这还不够，又用刀扎了泡澡男的肚子。肠子流进洗澡水里。布丽塔看到这里快吐了，用手捂住嘴，跑出了电影院。我心疼电影票钱，没有跟随布丽塔出去，独自看完电影回了家。

这下子布丽塔会厌倦和日本沾边的东西了吧。我一边惊讶自己居然这么冷酷，一边松了一口气。没想到接下来的星期天下午，她直接按响了我的门铃。

她说自己被恋人抛弃了，不想一个人待着。我问对方是个什么样的人，她说不想告诉我。她在哭，我不能就这么赶她走，只好煮了茶，聊了些家常话权当是安慰她，她依旧不走，我只好做了晚饭。我们吃着晚饭，她邀请我去她妈妈家一起过圣诞节。她说妈妈一个人独居，她每次回去，两个人必会吵架，三个人也许能过个快乐节日。布丽塔这么说着，妆被泪冲散，在她脸上形成了海图。看着这样一张脸，我不好当即拒绝，打算过几天再打电话回绝，后来忽然忙碌起来，就把这事忘了。然后收到了她寄来的列车车票。

我被计程车抛弃，独自立于雪地，得用自己的脚往布丽塔妈妈家走，脑内浮现出我在午夜的西伯利亚深雪荒原里行进的样子，不过现在刚刚黄昏，路两旁都是人家。雪吸走了声音，四下静谧，其实只要走近每家的厨房，就能听到忙碌的脚步声，盘碟碰撞声，也许还能听到吵架。在雪里不能拖行李箱，用蛮力去拽的话，只会陷进雪中，提起来时分量变得更加沉重。

布丽塔告诉我她家是十九号，奇数排列的住家十七号的隔壁是二十一号，怎么回事？对面房子大多看不见门牌号码，我走回几步去看，确实是八号和十号的偶排列。柏林有些街道不分奇偶，这里分得清楚。那为什么没有十九号。返回十七号的私人小院，进到这家的大门口，发现深处有一所外面看不见的房子，窗中透着橘红色明光。不知附近哪家的狗开始吠了，我慌忙走回道路上，去找通往十九号的小径。

布丽塔为我开了门，雪花结晶花纹的高领毛衣与她气质不搭配，仿佛是从青春期的抽屉里胡乱抽出穿上的。就是这个孩子指挥得我团团转，让我如此狼狈的啊。布丽塔的脸饱满红润，厚厚的口红溢出唇边。玄关处三双靴子整齐排列如士兵队列。

我往里走了几步，就看见客厅角落里一个女人正在脱掉外衣。白色内衣刺眼。"啊，对不起！"我慌忙退回到门口，换衣服的女人说"没关系"，光裸出丰满的大腿，向我露出辉煌的笑容。她把裙子铺展成魔法光环般的形状，两步走进去。我上一次这样当场看女性穿裙子，还是在上小学的时候。

和裤子不一样，裙子可以在腰上前后转圈。她把裙腰转了九十度，钩上挂钩，转向我再次露出微笑。她一头黑色卷发，寒冬时节却穿着白色短袖衬衫，露出晒成小麦色的胳膊。布丽塔介绍我是"彩子"，我的心猛跳了一下。我还没有坦白这是个假名字。"这是贝雅特丽齐。"女人穿好裙子，脸上表情明亮，毫无我此时的内疚，走过来向我伸出手。这手握上去肉乎乎的，很暖和。贝雅特丽齐缓缓抽回手，把外衣装进包里，扇动漆黑眼睫，祝我圣诞快乐。听她的口音，多半是个意大利人。

贝雅特丽齐换上靴子，这时从房间深处走出一个瘦高女人，看到我后大步走过来。"啊，客人已经来啦，欢迎！"我握了她伸过来的手，那手几乎细不可握，冰凉彻骨。"我妈妈。"布丽塔说。

客厅里摆着一套五十年代的褐色家具，只是坐在沙发上都渐感心灰意冷。布丽塔妈妈说着"家里太乱了,不好意思",匆忙收拾起了杂志。今年冬天的流行,法国中世纪城堡,癌症可以预防。杂志里夹着一本很厚的书——《危险重刑犯的自白》。"很整齐呀,一点儿也不乱。"我故作和缓地说,想再自嘲一句"我的房间才……"想到有些人听不懂这种玩笑,决定闭嘴。

"今天还算整齐的,贝刚给我打扫过。"

贝,好像是为了叫起来顺口,把"贝雅特丽齐"缩短了。这种缩短,让这个但丁恋人[1]的名字顿失光彩,变成了恰如其分的佣工之名。"贝回自己家了?"布丽塔问。"接下来要去隔壁的福特缪勒家干活,然后回家。她可是贝啊,肯定把今晚的大餐都提前准备好了。明天下午她过来收拾圣诞夜之后的散乱,有她帮忙太好了。我跟她说了,我要烤蛋糕,会弄脏厨房,请她下午四点过来。""你不用烤什么蛋糕!"布丽塔骤然气恼起来。布丽塔母亲不管女儿,兀自说:"幸亏贝回来了,邻居们都松了一口气。贝进监狱的那段时间,我让中介找了不少佣工,像贝这么无可挑剔的

1　即 Beatrice,《神曲·炼狱篇》结尾,引领但丁前往天堂游历的角色。

一个都没有。有人打扫得挺干净，但是性格不好。"

我一回头，看见行李箱和靴子上沾的雪融化了，在走廊留下灰色脏痕。我赶紧跑过去，可是没有抹布。"怎么了，忽然这么着急。"布丽塔说。我问有抹布吗，她母亲已经拿着一张纸巾走了过来。我刚才脱口而出的"抹布"二字已经落伍于时代了吧。抹布用过之后还得清洗晒干。屋外是零下，只能晾在屋里。用烘干机的话会产生噪声，无论怎么做都与盛大节日气氛不搭。布丽塔的母亲飞快地用纸巾擦掉污痕，随手扔进厨房带盖的垃圾桶，身形动作中有种经常做家务的人才有的轻快和麻利。她雇佣工干活，并非不想弄脏自己的手，而是她自己也随时在收拾家，光自己收拾还不满足，要借他人之手才不辜负洁癖。

与母亲相比，布丽塔显得慵懒多了。她不做家务吧。说不定，她的公寓乱糟糟的，不洗碗，也不洗衣服。布丽塔像小孩子献宝一样拉着我的手，沿着走廊尽头的螺旋楼梯上了二楼。那是一间玩具消失后的儿童房。一进去就感觉寒气扑面。布丽塔辩解说："这里我一年只来两次。"她说的不是"回来"，而是"来"。"圣诞节时我把看到一半的书放在这里，复活节时再看，书不见了。你猜我妈说什么，她以为我已经读完，直接把书扔了。"

房间里放着一张比双人床稍窄的大床，一套发硬褪色的毛巾，衣架，一把椅子，一个木柜。

"不像个家，对吧？有一次我去杜塞尔多夫看展览，买了海报，贴到墙上了，下次来的时候，海报早被揭下来扔掉了。我妈说，亲戚来的时候要睡这间房，所以我不能按自己的喜好布置成暗色的，必须收拾成酒店的样子。"

"有那么多人睡这间房吗？"

"很多。我妈和我不一样，她喜欢社交。不过这间房哪里像酒店啊，明明更像牢房。"布丽塔悲伤地微笑着。

"说到牢房，刚才你们好像说到了贝雅特丽齐。"

"嗯。她，杀了丈夫。在监狱里关了好几年。一出狱，以前雇她的人又都请她干活了。她看上去比从前开朗幸福多了。"

"她为什么杀丈夫？"我对自己毫不犹豫说出"杀"字感到惊讶。电视和报纸上看来的事件倒也罢了，毕竟我刚才亲眼看到了真人。

"我也不知道为什么杀，你问问我妈？"

"我可以问？"

"当然可以了。"

布丽塔似乎不关心这件事。我关心的不是案件本身，而是从前的雇主立刻找她干活这一点。

"你妈妈看上去性格敏感，我提这件事真的不要紧吗？"

"一点儿问题都没有。就算你不问，她也会自己说的。你为什么想知道这件事？准备写推理小说吗？"

我心里咯噔了一下。她不知道我是作家，为什么这么问。我装得平静，凑近玻璃窗看向庭院，回答说："我对入狱感兴趣。"脸颊感到了窗外的寒气。她问为什么，我差点儿说出弗莱姆特的事，不过咬紧了嘴唇。如果提了他，我是作家的事就会露馅。

"人把人关起来，这种现象很不可思议呀。据说美国有个小镇，年轻男性的三分之一住在牢房里。慢慢地，就变成了只有少部分居民住在外面。这就是说，社会有可能变成大多数人白天被强制劳动，晚上被关起来的整体。"

"不可能吧。"

"怎么不可能？"

"因为没人买东西了，经济会垮的。"

"这就是说，我们仅仅被赋予了消费自由？"

"啊，我起了一身鸡皮疙瘩。"

"好了，我们去看看烤箱里的火鸡有没有起鸡皮疙瘩吧。"

那阵子，我因为工作经常旅行，所以想在工作之外竭力不出门远行。圣诞节时只和住在柏林的朋友小聚了一下，也没坐飞机回日本过新年。所以现在我坐了几小时的拥挤列车来到杜塞尔多夫，又坐了很长时间出租车到这里，我自己也感觉不可思议。

总觉得圣诞树是歪的。布丽塔打开从储物室拿出的盒子，各种装饰闪烁着金光银光和红光。我取过一个天使，把天使翅膀上的细绳绑到树枝上。针叶树的针扎了我的手指。金色卷发的天使挥舞着剑，要击退恶龙吧。隔着树，布丽塔坐在对面地板上绑着星星，能看见她摇曳的头发，看不见脸。我拿过圣诞老人，不知为什么圣诞老人也挥了剑。我觉得奇怪，又觉得不用在意。我又拿过麋鹿，却哧溜一下从我手中逃脱，落到地上，飞快地溜走，隐身木柜背后。"蜥蜴！"我不满地惊叫，背后传来布丽塔镇定的声音："这边有很多的，因为过去是沼泽地。"布丽塔坐在我对面，怎么从背后传来声音？

我惊惧地回头，看见丝袜下的青色血管。布丽塔的母亲站在那里。两人长得不像，声音却完全一样。"我小时候玩过割蜥蜴尾巴的游戏。"布丽塔的母亲面不改色地说。这样一个有洁癖的人不介意家里有蜥蜴。圣诞树对面的布丽塔忽然爆发出大笑，我问她怎么了，她站起来，走到我这边，让我看她手里的东西，是一个戴着圣诞老人帽的猫布袋小人，杏核形眼睛，碧蓝眼珠。她母亲看到猫也笑了。我看不懂两人为什么笑。这就是母女啊。有谁在我脑子里说。

放在碟子上分给我的火鸡肉看上去好似剥了皮的茄子。吃进嘴里确实是肉。让我想起这是一个用肉当供奉的仪式。土豆泛着梵高向日葵般的鲜黄，豆角涂了清漆似的闪亮。布丽塔的母亲无论后背还是肚子都没有一丝赘肉，发型是昨天刚做好的，指甲修整得很漂亮。

主菜吃到一半，三人找不到话题，沉默下来。布丽塔母亲手拿葡萄酒杯，一粒钻石状的石头在指上闪着光。她的脖颈皱纹很深，好似吊在市场肉柜里的拔毛鸡。蜡烛火焰摇摆着扭动腰肢。布丽塔看着我，满足地微笑。很放松却也很浓重的笑。我确实走进了这个家，受到了欢迎。布丽塔为什么邀请我？她给了我一个说实话的机会。想到这里，我差点噎住，不由得咳嗽起来。

"怎么了？不要紧吧？"

"其实彩子不是我的真名。"我一口气说出来，顿时轻松了许多。布丽塔看着我：

"为什么不告诉我真名呢？"话音未落，她的表情从不解变成了受伤。

"因为警察在通缉我。"

我从身边取材，说笑话缓和气氛。布丽塔的母亲发出不合时宜的轻笑，"这么说起来，贝回来了，实在太好了"。我抓住机会改变话题：

"贝进去了几年？"我想装出漫不经心，声音却格外响亮，布丽塔面露惊愕。我感觉自己之所以坐在这里，目的就是搞清贝雅特丽齐的事情。布丽塔的母亲平静地说：

"八年呢。她被判了十五年终身监禁，一般八年就能出来。"她说话的口气，仿佛认识很多囚犯。

"终身监禁就是十五年啊？"

"贝这么说的。"

"在意大利也是这样？"

"贝是德国国籍，一直在德国工作。"

据说，贝的丈夫在冰激凌工厂上班。那时，大公司还没有独占冰激凌市场，这附近的孩子都是吃一家叫"雪姑娘"的当地工厂生产的冰激凌长大的。颜料水冻成圆锥形的冰棍最便宜，很受欢迎，名叫"初恋"。"我喜欢橙色的。"布丽塔深情地说，仿佛在回忆五十年前的往事。话题立即转成了冰激凌。据说冰棍儿有绿色、黄色和橙色三种，还有的形状类似肥皂，如果布丽塔考试成绩好，就能得到一支作奖励。有一种名叫"雪景"的盒装冰激凌，母亲从来没给她买过。"那个时代，人们都不给小孩子乱花钱。"布丽塔的母亲好像在自我辩解。"所以我现在懂得节约，没有背债，也没发胖。"布丽塔开着玩笑，她母亲板着脸点了点头。我理解了原来人类理想就是不背债也不发胖。说着冰激凌，布丽塔似乎恢复了好心情。

"我忘不了攒了零花钱第一次去买雪景。下定决心要买的那天，不巧碰上大雨，但这一天我已经期待很久了，不愿意改变计划，就撑着伞去买了，哆嗦着吃了。至今每到雨天，我都会想吃雪一样的冰激凌。"

说着冰激凌的事，我们仿佛变成了从小要好至今的玩伴，轻笑着你一句我一句地说了吃纸杯冰激凌时会拼命舔那个小木勺，直到舌头都舔痛了；第一次买巧克力脆皮时，会先用牙齿咬开脆皮，像咬掉水果皮一样先把巧克力部分吃完；冰激凌不小心全都掉到了地上，我们不甘心地盯着看，眼见着蚂蚁陆续赶来，聚成了一座黑山。

贝的丈夫名叫马里奥。他一边在冰激凌工厂上班，每周两次去杜塞尔多夫的夜校上课，想拿到高中毕业证，以后升职当管理人员。马里奥身材高大，头发茂密，皮肤淡黑而润泽，长睫毛下的瞳仁熠熠闪亮。有些女人向他抛媚眼，不过贝不太介意。

贝的父母是从西西里岛来德国打工的，她在杜塞尔多夫完成义务教育之后，先在面包店站了一阵子柜台，和每天来买面包的马里奥看对了眼，两人在马里奥父母居住的意大利南部小村举行了豪华婚礼，花光所有积蓄后回到德国。马里奥进了冰激凌工厂，贝被面包店开除，经朋友介绍，她不定期去公司帮忙做扫除。有人问她愿不愿意去酒店工作，她听说酒店不安全，就没有去。后来女儿弗兰切斯卡出生了。弗兰切斯卡长成了一个华丽耀眼的美人儿，十六岁便怀了孕。父亲马里奥得知此事，痛骂女儿是"婊子"，贝听到后，用厨刀捅死了丈夫。布丽塔的母亲知道的就这么多。

那天晚上我没能睡着。贝为什么杀丈夫？我不明白马里奥为什么吼叫"婊子"，也不理解贝为什么激怒。我想了几种可能性，也许是积累多年的怨气在那一刻终于爆发了，也许马里奥有外遇。不过这些可能性都像廉价肥皂剧的剧情，通俗却没有说服力。我也不理解为什么布丽塔的母亲只听到这些表层情报便知足了，为何没有去深究杀人动机。我更在意的是贝一回来，周围的人便雇她干活了。圣诞节的白雪仿佛想告诉我这才是更重要的。但是，没有宗教信仰的我能理解吗？指责和原谅，我都做不到。我只有记住这件事，将其记录下来。贝明天还会来，如果那时有机会两人独处，我想问个究竟。不过归根结底，因为这种理由而失眠的我真有些怪异。我向布丽塔坦白彩子是假名之后松了一口气，不过我还有一件事瞒着她。

　　无论因为什么杀人，最终贝承认杀了人，为此赎了罪，回来之后，人们就像什么也没有发生一样重新接纳了她。今夜，这些人在庆祝基督耶稣的诞生。我从床上起来，稍稍拉开窗帘，树枝在雪光中浮现而出，上面挂着白云般的雪，我凝视了许久。

9

「就算你偷我的名字，偷我的主题，

偷我的梳子，偷我的丝巾，

你也无法变成我。

你这个人生小偷！

你的活法毫无意义。」

我很懊悔，为什么收到弗莱姆特的信后，没有立刻去监狱看他。现在二十三年过去了。

我几次梦见在密室中和弗莱姆特见面。我梦见过，我的后背变成一块笔挺的木板，坐在椅子上，身子不能扭动。隔着桌子坐着弗莱姆特，能看见他背后是门，监控员坐在门边。我应该能清楚地看见弗莱姆特的脸，却怎么也弄不清他的长相。只记得有两只眼睛，眼睛周围是肌肉，看不清表情。看着他的眼睛我想，真像青色火焰在燃烧啊。弗莱姆特快速伸出手，紧握住我的手腕，把我拉向他。我的上半身擦过金属桌，轻快地向他滑过去，我求助地看向监控员，那人却假装睡着了。也许他在为我们行方便吧，不过我希望他认真工作。我使出力气，不让自己被拉过去，但是座椅太高，我的脚够不着地面，身体不安定，很容易被拽过去。这种事显然是违法的呀，监控员为什么不管呢。对方可是终身监禁的囚犯，我被这种男人拽着，滑向他那一侧的永无止境之地，我不仅再也回不到原来的位置，而且会没完没了地滑下去。无论好结局还是坏结局，我希望有终结。哪怕到不了明确的分界线，只要结束就行。我这么乱七八糟地想着，猛然想起德国已经取消了终身监禁，就像被拍打了脸颊，我醒了。

还有一个梦，也是在探监室里。弗莱姆特怎么也不出现，看守不时歪头，像在看手表一样紧盯着手腕。当然他没有戴手表，苍白的手腕上只有寥寥几根稀疏的体毛。要到什么时候囚犯才出来？我没有其他事，不着急回家，但有几个瞬间失去耐心，感觉窒息，要深吸几口气。弗莱姆特为什么不出来，最后监控员站起身："时间到了。"这是要赶我回家吗？我想。要是这样就太遗憾了，虽然我以为自己在这么想，实际上早就迫不及待想回家了，如果一直在这里等候，等候就会变成我的全部人生。我会觉得，弗莱姆特出现的瞬间，就像死神现身的瞬间，这不就是我的死刑吗？为什么我被判死刑了呢？啊，死刑是不存在的，此处是汉堡。想到这里我便醒了。

睁开眼后，难以消化的梦依旧在我心里，我漫无边际地想着无用的事，转动着已经闭不上的眼球，在床上翻了个身。毛毯刚才被我踢到地上，痛痛快快起床才好。可是起床后就要写小说，也许一动笔，人物就会站立到舞台上，我的注意力会被吸引过去，忘掉坐在观众席上的死囚身份的自己。但是在起床写作之前，我得先把头脑里堆积的垃圾处理干净。不然写不下去。虽然我想这么做，就在我关注这些乱七八糟的时候，一转眼已经中午，等我甩掉死死纠缠着我的床，已经不是能写小说的心情。弗莱姆特的脸混进糟乱当中，消失不见了。我收到信的那天，就该赶紧站起来穿好衣服，乘上电车，什么也不想，直接去监狱。

如果现在还有终身监禁，那我现在就能去看弗莱姆特了。要是国家能把我忘记去看的囚犯一直关起来就好了。也许现在他早就自由了，正在哪里不起眼地生活。如果我能想起他的名字，也许就能在网上找到他的消息了。涂抹在墙壁上的名字，我怎么也想不起来。收到的信，我怎么也找不到了。

不过有一天，我不得不去汉堡监狱，看望一个与弗莱姆特无关的人。一个叫玛雅的女人给我写信，希望见我。我和她不熟，她用刀刺伤的贝妮塔，我倒是相当了解。我和贝妮塔相识的过程在此省略，她曾经让我给"贝妮塔"的发音安上汉字，我便写了"红田"（Benita）。贝妮塔是名字，红田却是姓氏，看起来有些怪，不过自那以来，德国女人贝妮塔，在我心中就成了红田。

听到红田被玛雅刺伤的时候，立刻浮现在我脑中的玛雅的脸，也许是我想象出的。相对来说那脸很圆润，金色卷发调皮地擦着脸颊，大眼睛仿佛总是在微微惊讶，嘴唇宛如玫瑰花瓣，让我感觉她像个洋娃娃。不过她总是在闲定地微笑，并不故意彰显可爱。

玛雅的信我看了好几遍，想不出为什么非得去监狱见她。如果不是对弗莱姆特的后悔还在，我可能会把玛雅的信丢开不理。

如果我和红田经常用电子邮件联系，我会问她，我该不该去监狱。但最近几年我们没来往。再说了，红田被玛雅刺伤，我说自己要去看玛雅，红田会反对吧。越有阻力我越想去，所以我想，这件事不问红田的意见才好。

红田是汉堡人，玛雅出生于弗莱堡[1]，两人在美国哈佛大学留学时是室友。玛雅家境富裕，青春期时与喜欢浮华社交生活的漂亮母亲频频吵架，十七岁时离家出走。后来怎么去的美国，我不太清楚，我知道的玛雅的事都是红田告诉我的。红田也出生于富裕之家，不过她极其节俭。同班同学如果只看她的衣着，没人相信她家里有钱。她挂在浴室里的毛巾因为洗的次数太多，看上去就像块树皮。她曾苦笑着说，她家几乎不开暖气，去厕所时如果没关房间的灯，就会挨骂。

哈佛大学规定新生必须住宿舍，四人房间相当狭窄，只放着最低限度的家具。床，桌子，椅子。玛雅几次说宿舍像监狱，红田开玩笑地问她："难道你住过监狱？"玛雅没理睬，似乎认为这个玩笑不值得笑，也不值得回答。

---

1 德国西南部城市，靠近法国和瑞士。

学生自带的东西不多，几件衣服，书，文具和洗漱品而已。房间里没什么摆设，她们也没什么首饰，不过红田特别擅长用便宜价钱买别致的小东西，比如她在跳蚤市场买了一个造型古雅的指甲刀，使用时脸上总是带着心满意足的微笑。可是有一天指甲刀出现在玛雅的桌子上，红田客气地说："不好意思，这是我的。"玛雅面不改色："借用了一下。"为一个指甲刀，红田不好发火，便没再多说什么，抓过指甲刀放进了自己的抽屉。玛雅还回指甲刀时似乎不太高兴，就像自己的东西被抢走了。红田差点儿说出"你怎么这样，这可是我的东西"，又觉得这么做太孩子气，就忍住了。

玛雅并不是所有人的东西都随便乱用，她只抢夺红田喜欢的小玩意。红田很奇怪，明明自己什么也没说，为什么玛雅知道自己喜欢哪个。伯父送给她的梳子也是。伯父是哲学教授，红田从小记得，父母谈及伯父时总是非常尊敬。每逢家庭聚会，她都尽量往伯父身边靠。即使这样，伯父也没主动找她说过话，那时她在青春期，自我意识过剩，总觉得伯父看不起她，不喜欢她。然后，这位伯父送给她一把梳子，没有解释理由。

有一天，红田下课回来，看到梳子在玛雅的化妆镜前。她拿起梳子，上面不仅有自己的栗色头发，还混着玛雅的金发。缠绕在一起的两种头发让她轻微想吐。她说服自己镇静下来，仅仅为了一把梳子生气，是不是太小气了。但她无法镇静身体里的郁热。那天玛雅回来得很晚，已经关灯躺在床上辗转难眠的红田想，另外两个室友已经睡了，她不能在深夜因为梳子找玛雅吵架，所以装睡，没说什么。长久难眠之后的第二天早晨，红田醒来时，玛雅还在熟睡。为了一把梳子把玛雅叫起来，未免不合情理。红田忍住，去上了课。这天玛雅也是晚归，第二天红田要去上课时还在熟睡。

如此过了两天，两人在下午才有了面对面的时间。红田抓住玛雅的手腕，不太客气地问："这阵子你在用我的梳子吧。你自己的呢！"玛雅神态自若，没有丝毫歉意："我的找不到了，又没时间去买新的。"红田气血上涌："那是我家里人送给我的纪念，我不喜欢别人碰。"玛雅听后怒气冲冲地说："哦，好了，我以前不知道。"之后，红田每天回来，都感觉自己的东西被玛雅擅自用了。她开始检查自己的东西。钢笔，上面似乎沾着玛雅的手油。字典，说不定被玛雅偷看过，里面的词汇被偷个精光，字典瘦了。她照镜子，惊惧地发现自己的头发上肩膀上爬满了谵妄。其实，如果玛雅真这么做了倒也罢了，玛雅老实了一阵子，红田却要始终对峙心魔。

几个月过后，红田终于不再在意。有一天，她从图书馆借了同学推荐的《道林·格雷的画像》，读完之后感觉金箔粘在肌肤上弄不下来了。书还回了图书馆，可她无论如何也想把书留在手边，想起大学路上有家书店的地下卖二手书。在那里，她看到一本书脊文字褪色、封面有折痕的《道林·格雷的画像》，仿佛为了与她邂逅，已在此处等待了多年。她立刻买来，在大学草坪上读了书的开头部分，感觉和之前读的那本截然不同，书在向她偎依过来。这时，前一周在派对上认识的学生路过，问她在读什么。她亮出封面。同学问书有趣吗，她回答说，就好像你知道狂欢节上的舞衣和假面都是骗人的，依旧不舍得中途离开。书在她书包里放了三天，后来她上课要带的书实在太多，就拿出《道林·格雷》，放到桌面书山的最上面。下课回来，书不见了。她觉得脊柱里的血瞬间冷掉，唯有太阳穴处涌上来苦涩的热。她去玛雅的桌上找，没找到，明知道不应该但还是拉开了玛雅的抽屉，书不在里面。她感觉自己真的有妄想症，不然为什么立刻断定是玛雅干的。

这时，她不经意地回头，看到玛雅凌乱的床上，被子和枕头之间，《道林·格雷》露出脸来。她连忙拿起来翻看，偶然翻开的中间一页上有血。她认定那是血的刹那，头晕得厉害，辨不清自己身在何处。慢慢地雾散了，昏晕的身体终于站稳，才发现无论怎么看，眼前的都是一块咖啡渍。玛雅喝着咖啡看了这本书，在书上弄出了咖啡印子。红田想等玛雅一回来就冲上去质问，可是过了半夜也不见玛雅回来，她不知不觉间睡着了。

次日醒来，看到玛雅没来得及脱下薄透见肤的化纤连衣裙就倒在被子上睡着了，鲜花纹样的裙摆掀到了屁股上，露着大腿，红田越发愤怒，想拍脸拍醒玛雅，冲玛雅吼出不满。然而无论红田如何怒目而视，玛雅始终躲在由安稳呼吸守护的梦世界里不肯出来。红田放弃了本来要去上的课，搬了张椅子放到玛雅床前，大叉开腿坐下，静等玛雅醒来。可是玛雅在十点半醒来，转动着学校生物教学人体模型般的眼球看向红田时，红田吓了一跳，说不出话来，难道要气急败坏地骂她"你偷看了我的书"吗？连红田自己也觉得太过滑稽。她未及多想，把书戳到玛雅眼前，咬牙切齿地问："你看的时候还喝了咖啡？！"玛雅一脸平静，反问："你在说什么？""你用咖啡弄脏了我的书吧？"玛雅听后一脸不耐烦："那本书，我不记得自己看过。"

红田喜欢读书，每周都读不同的书。至今为止，玛雅从未对红田借阅和买来的书感兴趣过，为什么单单盯上了这一本，而且不承认。玛雅究竟想做什么？别的书倒也算了，红田唯独不希望这一本被玛雅弄脏。红田想到这里，眼泪滚了下来。那天晚上，她第一次梦见自己用刀刺伤了玛雅，醒来时她自己也觉得荒诞。红田试着想象自己站在法庭上，费尽口舌解释犯罪动机：

"玛雅趁我不在宿舍时，偷看了我珍爱的平装书，还在书上留下了咖啡渍。什么？书的价格？二手书店三美元买的。什么？怎么证明咖啡渍不是旧的？"

红田感觉自己可能真的病了，这让她反而松了一口气。一般人遇到这种事会去找精神分析医生，然而所谓医生，也是未曾谋面的陌生人，和陌生人讲这件事，真的不会被认为不正常吗？当然，红田认为自己状态不好，才去看医生，可她还是有清醒的自觉性的，万一医生看不出来，那可怎么办。而且，和第三者的交谈会坐实她确实有病，那玛雅不就成了受害者了吗？这不公平。如果玛雅变成了受害者，红田最介意的重点就消失了。重点就是，玛雅这个人，是红田身上的一个硕大污渍。红田生气的不是书上有了咖啡渍，只有站在她的角度才能看到事情的重要性，如果讲给别人听，别人未必能理解。再忍耐几个月就好了。红田祈愿，趁着自己还没有用刀刺伤玛雅，能顺利搬出宿舍的那一天快点儿到来吧，那样她才能获救。红田万万没想到，竟然是玛雅用刀伤害了自己。

大学第一年好不容易结束了，红田搬进双人宿舍。室友是伊朗来的姑娘。红田度过了无碍而开心的一年。她觉得玛雅早晚有一天会过来干恶心事，她等了，可玛雅始终没有出现，反倒让她放心不下。

三年级时，她告别室友，开始一个人住。她没有在剑桥市找房子，而选了郊外的沃特敦。尽管去大学需要坐巴士，好在租到了一处对学生来说相当宽敞的公寓，不必再像从前那样灵活扭动腰肢绕开桌椅了。她获得了久违的放松，也慢慢地觉得还是差点儿什么。房间里还应该有一个人，现在缺席了。她想过邀请伊朗女生过来同租，又觉得这么做不对劲，所以没有开口。

有一次，她偶然听到传闻，玛雅和格雷格是一对恋人。格雷格原来与红田在同一个研究组，红田听到传闻后，才察觉到自己喜欢过格雷格。之前因为格雷格没有显示出对她有兴趣，所以她在察觉这段感情之前，就主动丢开了。现在听到玛雅的名字，红田一下子看清了自己的心。

在红田看来，完全是玛雅知道了红田喜欢，才去勾引了格雷格。事情就是这样，再不会有其他可能性。还有什么理由能让玛雅与格雷格走到一起呢。红田觉得，格雷格味道独特，只有她才懂。玛雅怎么可能明白。后来过了些日子，红田听说玛雅和格雷格分手了，她觉得理所当然。安心了没几天，某个星期日的下午，红田给自己做了一个特大松饼，煮了咖啡，一边想今天咖啡香气格外浓郁，松饼焦黄得恰到好处，一边选着唱片。就在这时，门铃响了。红田以为是邻居有事，开门一看，是左右拎着两个大行李箱的玛雅。

"好久不见，还好吗？我想求你件事，先让我进去好不好？有没有咖啡？"

红田清楚地感到自己的心脏从内侧猛烈冲击着胸腔。她无法赶玛雅走，只有像旁观的第三者一样，看着自己假装高兴尖着嗓门儿说"当然可以，快进来"。玛雅仿佛嫌费事似的，拽着两个行李箱进来，红田听到地板发出痛苦的尖叫，假装不介意，强忍着给玛雅倒了咖啡。两人在桌前面对面坐下，很久没有这样脊背汗毛倒竖了，红田倒感到有几分亲切，几种情绪交织在一起，红田像问相识多年的亲密好友一样，一开口便是："你到底怎么了？"问完她立刻后悔，为何总是导演不好和玛雅之间的距离感呢？

玛雅流利地讲了自己的事，好似在讲旁人故事。和格雷格吵架后，她离开了同居公寓，暂时住进吉姆家，又被吉姆赶出来了。红田没问吉姆家发生了什么事，因为她太理解那种想把玛雅赶走的心情。让我在这里住几天就行，玛雅求情的眼睛里有种让人心软的力量。红田为自己的软弱和愚蠢辩解似的想："谁知道玛雅这种人会做出什么事，与其放她出去祸害，更安全的做法是留在手边仔细观察。"于是她像旁观的第三者，看着自己说出了"好吧，你可以睡在客厅，不用客气"，甚至没有附加"只能收留你几天，你必须尽快找到新公寓"的条件。两人就这么再次住到了一起。

最开始，玛雅就像新婚主妇一样勤快地收拾厨房，倒垃圾，买来好吃的苹果和葡萄柚放进水果篮里。起初红田很轻蔑地认为玛雅在讨好她，很快转成了害怕。玛雅不是在讨好她，而是没把她放在眼里，把这里当成了自己的家。红田把摆在餐桌上的漂亮玫瑰花挪到房间角落，故意粗暴地说："我受不了玫瑰味，尤其是在吃饭的时候。"

玛雅早晨总在睡懒觉，不知道她怎么上课的。从未比红田早出门过，红田每天上完课后，去怀德纳图书馆找资料，在广场附近的咖啡馆打完工后回家。

某日，上课时红田身体不舒服，课后没有去图书馆，下午早早回了公寓。玛雅也在。红田觉得不对劲，"你总是在家，什么时间上课啊"。红田口气挖苦。玛雅拿出一周的课程表，大多是中午的课，看不出奇怪的地方。

又有一天，红田打开衣橱后立即闻到一股陌生的香水味儿。她觉得奇怪，翻找了一番，发现香气最强烈的似乎是一条丝巾。玛雅的香水。刚这么一想，红田头脑里的山坡崩塌滑落了，泥沙俱下。"用你一条丝巾而已，生气就太小气了"，红田慌忙大声训诫自己。仔细想来，那是她直到去年一直都很喜欢的一条丝巾。香水味终归会消散，可是没过几天，又浓烈起来，红田仔细查看了一下，从挂在衣橱里的薄外套口袋中翻出一张便笺。上面是玛雅的字："下午三点，星巴克，格雷格"。就在这时，玛雅回来了，红田没来得及镇静心情，只猛地把外衣拿到玛雅眼前，大喊："不知为什么这张字条跑到我的外套口袋里了！"玛雅皱眉，仿佛在说你不用这么大声，拿过便笺看了一眼，自言自语："对了，我和格雷格约过，但是我忘了，得赶紧打个电话。"红田拽回想冲上去攫住玛雅的自己，去厨房喝了一杯水。不经意地看见厨刀就在那里。她想起前一夜用刀险些捅伤玛雅的梦。感觉不可思议。她出去散步，以势不可当的快步走过平庸的居民区，过了一会儿，心情渐渐变好，停下脚步的瞬间忽然意识到一件事，怒火又涌了上来。说不定玛雅并非擅自穿了上衣，而是故意往上衣口袋里放了那张字条，假装在和格雷格约会。

一想到玛雅有可能永远在自己的公寓里住下去，红田眼前一黑。不过出乎她意料，上衣事件的一星期后，玛雅说找到了新住处，打算搬过去，为了表示感谢，想在波士顿港附近的海鲜餐馆请客。红田犹豫了一下，说不定这是最后一次和玛雅对话，她这么说服自己，接受了邀请。坐在餐馆露天座位上，在与学生身份不搭的奢侈气氛里，红田心情平和了很多。葡萄酒杯碰撞着发出清脆声响，夏夜久久不散的温暖空气抚摸着肌肤，从不主动诉说私事的红田，此时放松警惕，说出如果自己有孩子，想给孩子起名叫阿尔贝特，想写一本关于纳博科夫和蝴蝶的书，等等，等等。

那之后的十年间，两人没有见面。红田听说，玛雅和格雷格走到一起，有了名叫阿尔贝特的孩子，写了纳博科夫与蝴蝶的书。被医生告知无法生育、纳博科夫的研究不顺利、改在百货公司上班的红田听到这个消息，感觉迎面挨了一拳，片刻之后，闻到了鼻血似的血腥气。

那时我已搬到了柏林，每月去汉堡办一次事。玛雅应该不知道我的情况，却让我去汉堡监狱见她，脸皮是不是太厚了，我想。对此我最强烈的感情不是忐忑，不是愤怒，也不是喜悦，倒像是好奇心。我打了玛雅信中的电话，询问了探监方法。就在当天傍晚，红田打来电话，说正巧她在柏林，想和我见一面。多半儿是她知道了玛雅写信的事，匆匆过来阻拦。

我们约定在动物园站前见面。两边的视线刚一合上，红田眼睛周围便浮上了苦涩的表情，仿佛在苦恼该如何阻止我去见玛雅。她为这件事专程来了柏林，足见多么介意。我们谁也不说话，在动物园闭园后，沿着动物牢笼旁的小径漫步，走过牢笼和树墙，看见了驴和山羊。那一带似乎是儿童牧场。看见了身体像个瓶子的长嘴白鸟，是鹳鸟的一种吧。鬣狗无声无息地沿着牢笼凑近。我想用不时出现的动物分散注意力，然而愈发焦躁起来。红田也怪，久久不开口说明来意。

是我先忍不住的。

"你听说玛雅的事了吧，我正好要去汉堡办事，出于职业好奇心，想去探一次监，刚刚问了怎么办手续。"

红田一脸懵懂，似乎不明白我在说什么。我又补充一句：

"我还没想好到底去不去，另外，无论玛雅说了什么，我不一定会相信。"

红田仿佛终于明白我在说什么了，惊讶在她眼睛鼻子和嘴巴上荡漾开。她似乎从来没想到玛雅会给我写信。

我们没有直接走上大街，而像在躲藏什么似的，进了最近的一家餐馆。吃饭时红田一直在说话。我之所以对玛雅的事这么熟，都是红田此时告诉我的。

"如果我说了那天的事，别人会以为我在胡思乱想。如果我那天没穿白衬衫，让他们看见胸口渗出了鲜血，警察会以为我是妄想狂。"

那时，红田甚至不知道玛雅在何处生活。她去弗莱堡参加学术会议。与会人员姓名可以从网上查到，所以玛雅知道也不足为奇。不过，玛雅去的不是学会[1]现场。那天晚上，红田返回酒店正在放松，听到有人敲门。她觉得奇怪，隔着门问是谁。听到门外回应："是我，玛雅。"红田不敢相信自己的耳朵，凑近门镜向外窥看。确实是记忆中的玛雅站在那里，与学生时代毫无二致。这怎么可能？红田想。但那确实是一个仿佛从红田旧日记忆中截取下来的原封不动的玛雅。

玛雅推门进来，嘴里说着："好久不见，你还好吗。我渴死了，给我喝点儿你冰箱里的番茄汁。"红田有些毛骨悚然，又想到幽灵是不喝水的。她打开冰箱，把番茄汁拿给玛雅。"是瓶装的啊，有没有开瓶器。"玛雅微弱的声音让红田觉得她就是个幽灵。红田拿过电视机上的开瓶器递过去。玛雅再次要求"给我倒进杯子里"，刹那间红田喉咙里又涌上了旧日怨气。红田喘着粗气，话不成声地质问：你真的偷了阿尔贝特的名字安到你儿子身上了吗？你真的出版了一本写纳博科夫与蝴蝶的书吗？玛雅冷笑着点头，取来

---

1 下文提到的学会是学术会议的简称，非学术团体。

杯子，夺过红田手里的番茄汁瓶。番茄汁在杯中慢慢涨满，汩汩的调门越来越高，红田越来越窒息。

"就算你偷我的名字，偷我的主题，偷我的梳子，偷我的丝巾，你也无法变成我。你这个人生小偷！你的活法毫无意义。如果想取代我，你杀了我，进到这里来！你进得来吗？"红田叫喊着，指向自己的胸膛。

玛雅苍白了脸色，抽搐了五官，一声不吭地把杯子放到茶几上，从手提包里拿出刀，像把钥匙插进锁眼一样，将刀插进了红田的胸膛。

10

你正在演的不是自己，

有人夺走了你的角色，

你只好去演一个被偶然剩下的角色，

夺走你位置的那个人，

现在在哪里。

我们面对面坐着，中间好像隔了一张透明玻璃矮桌。沙发骨塌瘦弱，让我无限下陷。玛雅跷着二郎腿，十指交叉放在右膝上。半透明皮肤下骨头隐约可见的膝盖正对着我，十分挑逗。地方像个酒店的大堂，不过，周围站着说话的，都不是陌生人，我找准着记忆的焦点，想看得更清晰些。似曾听过的说话声，似曾相识的脸，胸前的名字牌。是学术会议的休息时间吧。站在玛雅身后的，是刚发完言的人，与他交谈的是哪所大学教比较文学的老师。我一点一点想起来了，红田最初坐在我身边，一个系着天蓝领带的高个子男人经过，看到红田后叫了她。红田脸上绽现光彩，站起身和他小声说着什么，不久后男人看看手表，红田用比平日高亢的声调告诉我和玛雅"我出去一下，马上回来"，和男人并肩快步走开。剩下我和玛雅刚做过自我介绍，互相还很陌生。

玛雅用自然得不能再自然的语气问我和红田是怎么认识的。能感到她柔和的社交口吻下藏着坚硬的意志。我因为警戒而过度紧张，一下子想不起来怎么认识的红田，玛雅立即不客气地说："你如果不想说就算了。"而我不愿意给她留下半遮半掩的印象，就回答："忘了第一次见面是在哪里了。我们在学术会议上见过几次，慢慢成了朋友。"这只是我顺嘴说出的回答，不过，话一出口，我才发觉竟然是真话。玛雅紧皱眉头，微微斜扬下巴，似乎不太满意。

我靠写小说和诗歌谋生，不是文学研究者，写过一些近似文学理论的小文章后，学会便来邀请我了，拿我当正文的外传。我与红田几次偶遇，交换了联系方式，然后某个夏天，红田忽然打来电话，说她正在柏林，我们约好在公园长椅相见。约在公园而不是餐馆，便能看出两人性格。虽然我们无须像间谍那样小心谨慎，不过有一种不希望留下证据的心情。现在这个时代，国际电话全部会被窃听，电子邮件全部会被第三者偷看，我们在公园见面，直接说话，心情舒服很多。后来红田每年来德国参加两次学术会议，都会给我打电话。

看见红田总是兴致勃勃地说起学会，我开玩笑："有人喜欢爬山，有人喜欢看戏，像你这样喜欢参加学术会议的人真是少见呢。"红田严肃地告诉我，她在上大学时，参加学会发表议题就是她的兴趣爱好。说到"爱好"时，红田寂寞地笑了。她知道自己不可能在大学获得教职，早就死心了。她干脆地说，大学不适合自己。尽管如此，各种人文期刊她还会阅读的，看到学术会议预告和论文征集时，就会心跳加快。从学术会议召开地点和论题上，她用第六感就能辨认出哪些会成为她的舞台，情不自禁地遐想自己在众多听者面前发表议题的模样。虽然这时她还没有具体的议题。她从关键词中遴选能撼动时代的部分，巧妙地抓牢，用炼金师的手法放进试管，让其与她自备的成分发生混合，激出火花。学术会议主持人只看了红田发来的议题梗概，便闻见刺激的火药气息，看到绽放在夜空中的光亮菊花，由此选中了她。

我开着玩笑，把我的这些自由想象讲给她听，她欣喜地来了兴致，爽朗地告诉我："就是这样！虽然我是学会骗子，不过我没有偷过别人的哪怕一行内容，没有骗钱，只是像魔术师那样变了个戏法，让观众看了一个有颜色的梦。学会就是我的人生狂欢节。"

当她得知学会的地点在日内瓦，在米兰，在斯特拉斯堡，就根据那座城市的气质买衣服，头发染成合拍的颜色，买来从未用过的香水，从导游手册上寻找氛围浓郁的酒吧，水边的咖啡馆，颇有来历的旧书店，做成自己的旅游手册，兴奋地出门。登台的瞬间，她的秀开始了。有些秀应者寥寥，不过她不介意。参加学会的其他人为了今后能获得更优秀的职位，绞尽脑汁想出主题，哀叹着填充内容，带着睡眠不足的黑眼圈和苍白面孔出现在会场，嘴离麦克风太近，制造出令人不悦的噪声，向四方喷洒过分冗长的开场白，迟迟不进入主题。红田和这些人不一样，她露出甜美微笑，从容问候"大家好"，徐徐环视四方听众，仿佛她来学会，最想说的话就是这句"大家好"。

红田在大学当过助教，不过，她彻底离开大学后，对学会的狂热并未消退。不是只有在大学工作才能参加学会。有好几年，她参加学会的姿态是自己现在刚巧不在大学工作，但在家里做着研究。也会有人羡慕她继承了足够的遗产，无须工作也生活无虞，实际上红田没有继承遗产，也没有得到父母资助。她经人介绍进了一个小城市的百货公司，早晨早早去上班，晚上要加班，周末得把没做完的工作带回家，换取活下去的生活费。她梦见塑料人体模特把她踩到脚下，梦见绒布熊沉重的屁股坐到她脸上，她难受得喘不过气。上司派给她无数难题——今年圣诞节跟随潮流用会动的玩具熊做宣传装饰挺不错的，不要用帕丁顿熊那种的，自主设计更便宜吧，有没有更便宜的加工途径呢？圣诞节过后不要松劲，如果在一月举办面向儿童的促销，就能吸引来最近不怎么上门的年轻家庭，让熊穿上滑雪服继续登场吧。快到春天了，即使经济不景气，运动方面的商品也照样畅销，今后店里要加大对运动商品的促销，怎样才能做到各种产品齐备不输给专营店呢？面对上司源源不断派下来的难题，红田觉得，不受团队束缚，她一个人努力更有效率，心情也更轻松。浪费时间毫无效率的团队会议想要的无非是红田的机敏头脑，上司给的压力太大，同事太嫉妒她，无论她发不发言，都会感觉到无形的针在刺痛神经。工资的涨落也是一种赤裸裸的压力。这个月收入多，她觉得自己是天生的商业人才，忍不住握拳兴奋。下个月收入下降了，她垂头丧气，觉得自己是废渣。

下班回到家，她先感到胃是空的。打开冰箱，她不看里面都有什么，只是顺手抓过来，夹进吐司做成三明治塞进嘴里，这时眼皮还不沉重，等到端着一杯葡萄酒走到桌前翻开书开始读，眼皮开始滞重，放在书页上的手越来越用力，拼命抓住文字的稻草，不让自己落入睡眠的漆黑里。这种生活从周一到周五日日反复，照镜子时觉得里面那个人惨不忍睹，不过周六可以熟睡到中午，醒后能有一段头脑明晰的时刻。她在这种时候写学会议题，有时一口气写到星期日深夜，一天半便写好了一个议题。写好之后，她感觉自己身体上出现了一层无形的膜，虽然还很柔软，不够结实，不过终有一天，她能变成鸟飞上天空。因为这个她兴奋得睡不着觉。无论睡得好不好，星期一早晨的闹钟总会发出比平时更刺耳的大声，她木然地脱下睡衣，站到淋浴头下，冲掉前一日的自己。在去车站的路上，她想用第二人称问自己，"你究竟要去向何方"。地方小城人口不多，连通住宅区和市中心的通勤列车却十分拥挤。她觉得所有乘客都比她年轻多了，小麦色或炭黑色皮肤都光滑润泽，没有一个人脸色苍白，眼角已然生出皱纹。光裸的小腿颤抖着肌肉踏上锈蚀的台阶一步步走向高高在上的月台，她问自己，你能跟上这种速度吗。这个角色不适合你。你正在演的不是自己，有人夺走了你的角色，你只好去演一个被偶然剩下的角色，夺走你位置的那个人，现在在哪里。

当然，她在职场从来不提学会的事。有人邀请她去参加生日派对，出版纪念派对，她都巧妙推脱，径直回家，走向衣橱，从抽屉里拿出本来不会有第二个人看却深深藏在内衣之下的笔记本，坐到桌前。如果连"她是一个在学术会议上发言的人"的角色也被偷走，她就一无所有了。所以要深深藏起。在职场，她有一次不小心泄漏自己没有电视机，引发过疑问，除此之外她就是一个无可猜疑的普通人。她有时想，若能为不爱社交找一个正当理由就好了。比如家里有个残疾不能动的孩子。

只有一次，她实在无法推脱，跟着喜好享乐的同事参加了派对，随后又去了酒吧。喝完鸡尾酒，她感到晕眩，于是说不舒服想回家，站起身来脚步踉跄间，手腕被攥住："你为什么必须回家？""因为我有一个刚上小学的残疾孩子。"谎话脱口而出，语气却莫名庄重。对方顿时收起了诱惑的表情，道了歉，又赎罪似的问："孩子叫什么名字？"红田没有犹豫："阿尔贝特。"

是的，阿尔贝特有可能出生，有可能带着天生残疾，她会给不能走路的阿尔贝特穿上暖和的衣服，戴遮到眼睛的帽子，用婴儿车推着送到幼儿园。但是车站有台阶，她抬不动婴儿车，这样一来她只能专心照顾孩子，无法工作了。生活费怎么办。阿尔贝特之所以无法走路，是因为赝品之子有着同样的名字，在世上某处活得好好的，夺走了真正的阿尔贝特走路的能力。只要赝品的孩子消失，阿尔贝特就有可能痊愈。不过，这种心情在脑中乱成一锅粥越煮越稠，在散发出焦煳味之前，她拿出书，开始准备下一次学会。顿时，脑子里吹进新鲜空气，仿佛敞开了一扇窗户。

我有种冲动，想把红田的学会病告诉玛雅。又觉得玛雅有些地方不可信任，不交心为好。我问玛雅，现在在美国的哪所大学工作，每年要来德国几次。玛雅没有回答，反过来问我每年去几次美国。我看见她眼睛里闪着狡猾的光。

红田去了很久不见回来。说是三分钟，现在十分钟一刻钟过去了，还看不见她的影子。看来是场持久战。我对玛雅说："想来你很忙，若有要事就去忙吧，不用管我。"玛雅立刻干脆地回答她没有事。

玛雅个子不高，看上去密藏着一种炸药似的力量，晃晃悠悠地伸展向上，看上去却不太可靠，这一点和红田对比鲜明。玛雅涂得鲜红的嘴唇远看是花瓣，近看和厚油漆没什么两样，自在活动的清晰眉毛与这样的嘴唇结成团队，面对着我仿佛在说，无论受到怎样的攻击质问，她都能反击回去。

玛雅向我陆续发过来质问的子弹，我小心翼翼地保持着平衡，不让自己脚下打滑，防备着被她打中，回答了她。我渴得厉害，却被玛雅的视线紧紧缚住，动弹不得，无法站起身去饮料台找水喝。

话题转到汉堡，玛雅说自己熟知汉堡，边说边打量我，眼神像在给我下套。但我看不出是哪种套。

玛雅见我不说话，就兀自说起来。"前段时间我看个电影，里面有个女人，恋人无辜入狱，她定时去探监，不过很快就开始出轨了。这种情况，也有反过来的吧。"我不懂她的意思，就问："反过来的？是什么？""就是先无辜入狱，之后成了恋人。"玛雅深深注视着我。仿佛在编造故事想把我逼进死角。我猜不出究竟是哪个死角，只觉得听她讲讲故事也不吃亏，就镇静下来，就当她的话都是虚构的故事，或是送给我的礼物好了。如果听完我不喜欢，直接扔掉就可以。也许玛雅编造假话，想看我上当受骗后的笑话，我可以不动声色地听这个假话就好了吧。或者只听她说，不置可否，不当作谎话，不被她牵着鼻子走，保持中立，不去思索她编造假话的目的，集中精力，暂且观望，一字不漏地听。

我想把从玛雅嘴里听来的一字一句都记录下来。

所以收到玛雅的信时，虽然我们素昧平生，但我很想去监狱看看她。当然，她不可能在给我讲故事的时候就已经把"人狱"也计算好了。不过，她就像用同班同学在汉堡入狱的故事演奏了前奏曲，又用自己的入狱补足了整场演出。

我在网上看到消息说玛雅是预谋刺伤红田的。不仅刺伤了红田，在此之前还犯下了偷窃身份之罪。对这个消息，我当然没有全信。写消息的人名叫玛丽雅，本身也遭遇了身份被盗，是一名受害者，在追踪详查这类犯人的具体信息。

姓名、生日、地址和电话号码查起来比较简单，之后的护照号、信用卡号、电子信箱和密码也许可以用职业手段获取，总之比人们想象的容易。玛丽雅那时的事业走上正轨，非常忙碌，金钱的收支速度远超以往，所以没有察觉有人在用她的信用卡买东西和维持生活。犯人不会猛一下子买个钻戒，只是不时在玛丽雅喜欢的店里买几瓶香槟，买玛丽雅喜欢的设计师品牌的衣服，就是说，犯人并不是在盗窃别人的钱满足自己的欲望，而是擅自闯进了别人的欲望里。慢慢地，犯人摸进玛丽雅的电子信箱，搜寻了她的交友关系，开始伪装成朋友给玛丽雅写邮件。最开始写的都是可有可无之事，玛丽雅察觉不到其中有伪。玛丽雅的友人也未曾察觉收到的邮件是假玛丽雅写的。信的内容没有作假，写的都是诸如参加了在罗马召开的学会之类的真事，还有很久没见面了很想念你之类的客套。虽然并没有那么想见面，不过这种话谁都会写，不会被怀疑。然而，邮件渐渐出现偏离，嘲讽和不明意图的暗示越来越明显。玛丽雅以为是自己因为疲劳而变得太敏感，但邮件越来越出格，变得越来越尖刻。没有任何前兆，玛丽雅就收到了"你的傲慢劲儿简直让我惊呆了"之类的邮件，令她不明所以。还有"过去我一直想睡你，但最近你不怎么好看了"，玛丽雅看了发信人的名字，不敢相信自己的眼睛，几度揣摩邮件的用意，却没有勇气和发信人当面对峙。

玛丽雅不记得自己下过单，可是高级香水开始不断送到，她能感觉到哪颗螺丝松掉脱落了，但她看不到整个系统，无法确认螺丝是否真的脱落了。她忘记了自己究竟想要什么，买了什么，和谁说了什么话。不是全部彻底忘记，而是记忆中出现了无数空洞。稍微走几步，就有掉进空洞的危险。如果和人来往，就会有暴露空洞、任人为所欲为的危险。她能感觉出一个无形的残酷之人摸到了她的软弱，在以调戏她为乐。

她不再愿意与人来往，想关紧所有窗户，放好遮雨板，拉下卷帘门，用被子蒙住头。可是门铃依然不间断地响起，一个接一个的送货人出现在猫眼彼端。她没有下单，但那些东西都像是她会买的，是她一直想要的，她没有自信说自己没有下单。

读着玛丽雅的事，我喉咙干渴。难道玛雅也对红田做了同样的事，折磨了红田之后又用刀捅了她吗。而且她被判了几年刑，说明她的犯罪有强烈的计划性，毫无反省。谁都能看出这一点吧。玛雅仿佛看透了我的心思，在信上反复写道："真实情况与大家想象的完全不一样。"

"这件事的过程太复杂，一般人理解不了，红田经常说你有与众不同的观人之眼，我想你一定能理解我。"信上这段话让我苦笑。她给我写这封信，似乎以为只要把地址写成文学中心，我就能收到。还有，"特殊的观人之眼"对她来说也许是夸奖话，在我听来，感觉被形容成了一种罕见的昆虫，一点儿也不高兴。

玛雅的信很长。有时我读得厌烦，想跳过一些段落，脚却陷进她黏糊糊的话语里，飞不起来了。她说自己不想上诉，只想服完全部刑期，但她是无辜的，现在落得这番处境，也实在太荒诞。哪怕只有一个人能理解，她也会轻松一些。不然她感觉走进了大雾，茫然无可凭依。她若是沉默，一天会越来越长，没有止境。她感觉旧日的朋友们反而不会相信她，所以想说给我听。我只要倾听就好了。

难道我们第一次见面说话时，她就认定我是一个合格的倾听者了吗？或者，她在期待我把这件事写成小说？实际上我现在真的在写，如果这就是她期望的，那么我就真的中了她的计。不过，我的小说毕竟是虚构，没有法律效应，玛雅不想以此脱罪，她只是希望在诉说时有一个客观的倾听者。

探监室和我想象的完全不一样。我曾多次想象过去探视弗莱姆特，所以这次来看玛雅，我以为会走进一个想象中的熟悉的房间，实际上完全不是。说到底，我的想象参考了电影画面，细节粗糙，未料现实中的探监室更接近梦幻理想，是一个名叫"地平线"的咖啡厅。服务生来问我们想喝什么，稍仔细就会发现，服务生在常见的围裙下穿着蓝色囚衣，窗户上有栅栏。室内播放着声音小到几乎听不见的巴洛克管弦乐，墙上用图钉钉着七十年代摇滚乐的唱片封面，与音乐形成鲜明对照。坐在角落里缩着肩看报纸的大块头男人说不定是探监室的看守。我用咖啡湿了一下嘴唇，没有再喝，只耐心等着。柜台旁的门开了，玛雅走了进来。她脸色很难看，唯独双眼精光闪烁。她身后还站着一个人，不过没跟着她走过来。

　　一切都是陷阱。玛雅说。这个陷阱，从红田和玛雅走进同一间宿舍的瞬间就设下了。同宿舍住了四个人，除了玛雅，另外三人红田、丽兹和艾米都是苗条的高个子。玛雅从未在意自己个子小，不过四人在房间里站成一圈时，红田双手一左一右搂着另外两人的肩膀，形成一堵墙面对着玛雅，视线从玛雅的头顶抚摸到脚面。那一瞬间，圈子崩坏了一下，马上又变成了半圆和一个点。玛雅想起自己小时候曾被取笑是不是祖先十几代人都营养不足，不过她那时成绩优秀，对自己在镜中的脸充满自信，男生从未因为她个子小而态度冷淡，所以玛雅早就不在意这个了，没想到现在红田用这种眼光打量自己，玛雅的自尊心像被人从背后推了一把，鼻尖着地摔到了地上。

宿舍洗脸间的镜子很小，只能照出从额头到喉咙那么大一片。大学大厅的墙有一块是镜面，第二天玛雅注视了镜中的自己，看见了浑圆的矮身材，低腰线，粗脖子。这种身体最搭配的一类情景是：挪开一件件家具趴在地上用布巾打磨地板；擦拭窗玻璃；出门买菜时，买了大量罐头，拎着沉重的菜篮徒步回家。

红田不是炫耀奢侈品的暴富俗人，更喜欢用精致的小东西炫耀高雅品味。也许红田认为，在跳蚤市场上一眼辨认出有价值的东西，用低廉的价格买来，才更能显示她出身良好，品位出众，见过世面。明显是花了学生午餐一百倍的价钱从跳蚤市场买来的梳子，红田却把梳子和学生用的廉价牙刷一起插在漱口杯里，就是在欺负人。红田一定认为，反正我分不出好坏。我干脆单把高价的东西拿出来用一下，让红田吃瘪好了。红田肯定说不出"这东西非常贵的，快还给我"这种话，只会在心里憋屈吧。不过话说回来，那种卖着高价看上去却很便宜的东西，和售价低廉的便宜东西，我真的能分清楚吗？

想到这里，玛雅回忆起高中时代一个名叫安妮特的朋友养了一只老鼠。安妮特得意扬扬地说，别看老鼠脸瘦眼睛大，寿命只有两年，是谚语美人薄命的现实版，却擅长挑选有价值的东西，这个能力非常了不起，猫和狗是没有的。老鼠不仅得不到人类的保护，还饱受人类迫害，却依旧繁衍至今，理由之一就是拥有这种能力。安妮特和比她年长的公司职员交际过，过生日时那人送给她一只昂贵的戒指。安妮特爱不释手，晚上细细欣赏，把戒指放在桌上睡着后，第二天早晨戒指不见了。窗户是紧闭的，门也没有坏，密室犯罪。安妮特忽然想起什么，去桌底下的老鼠窝寻找，戒指就在窝的正中央。还有一次，她要还钱，就在钞票上压了一串家里的钥匙以防忘记，钞票在一夜之间消失了。因为有过戒指的事，她去老鼠那里打探，看到钞票像褥子一样铺在鼠窝里。老鼠不是所有东西都偷，原本也不乱啃书，安妮特有一本译成现代语的《帕西法尔》[1]，她为了准备考试彻夜读了，喜欢至极，不知为什么，一个晚上就被咬穿，碎纸如雪堆积。老鼠为什么知道哪些东西有价值呢。安妮特想了很多可

---

1 中世纪德国诗人沃尔弗拉姆·冯·埃申巴赫创作的中古高地德语史诗作品，取材于亚瑟王传说和圣杯故事。

能，她觉得原因在于气味。人倾注心情抚摸过的东西上沾着特殊的汗。就像狗能从怕狗之人身上闻出特殊汗味，人的心情会变成气味流露在汗里吧。玛雅想起安妮特这么说过。

想起这个，玛雅趁红田不在，嗅了红田东西的气味。梳子上有轻微的洗发水香气和头油味，牙刷是牙膏里的薄荷味，圆珠笔是塑料味。仅仅这样而已。闻不出红田的情绪。玛雅想用第六感再试一下，凝视了梳子，嗅了气味，触摸了质感，明白了梳子对红田来说很重要，不知道自己是怎么明白的，不过自信是有的。玛雅特意用梳子细致地梳了头发，她知道红田发现梳子被她用过时会很难受，这让她心情舒畅。

梳子带来的快感很快便消失了。第二天冰球队举行派对，丽兹带回来饼干，分给红田、玛雅和艾米一人一块。饼干比手掌还大，像金币一样沉甸甸的，徐徐在玛雅的硬腭和舌头之间甜蜜地融化。玛雅吃了一口，吃了两口，嘴里毛刺似的东西似乎被温柔抚平了。玛雅无意中看到，红田只咬了一口，就不动声色地把饼干放到桌上，晚上睡觉之前若无其事地扔进了垃圾桶。丽兹熟睡着，玛雅正在桌前看书，垃圾桶就在她的视野里，红田明白这一点，才故意扔的吧，难道红田认为等灯都熄灭后，她会跪在垃圾桶前捡出饼干吃下去吗？玛雅躺在床上，闭着眼睛，头脑里的电灯始终亮着，怎么也熄不掉。她微微睁开眼睛，垃圾桶里有个东西闪着微光。玛雅知道，那是被红田扔掉的饼干，我才不会捡呢。甜蜜在玛雅口中徐徐扩散，也许我已经捡起饼干吃下去了，不然嘴里怎么会有甜味。或者我着急上床，忘记刷牙了吗。玛雅脑子里有一个记忆，她跪在垃圾桶前捡出被丢弃的饼干的记忆。她闻到了她幼年时身体的气息，比饼干更甜蜜，略带咸气。骤然间一双穿着皮鞋的脚踩到她头上，她下颌撞到地板上，险些咬破舌头，她闻到了鼻腔深处的血味。

第二天，玛雅花光钱包里所有钱买了紫色果汁。这是一种当时很受学生欢迎的混合果汁，价格昂贵，轻易买不起。红田回到宿舍，玛雅把果汁倒进两个杯子，请红田分享。红田用凌厉的眼神看了果汁，没道谢直接喝了。喝光之后嘴角泛起冷笑，仿佛在说，用这种东西就想施恩于我？红田没说谢谢，背转身子开始看书。玛雅在果汁里混了一点儿自己的尿。不仅红田杯里有，两杯里都有。为什么在自己那杯里也混了尿，玛雅后来回想，也想不明白。

红田不可能察觉到这次恶搞，可是第二天，红田发起了正面攻击。傍晚玛雅正在床上躺着，红田把一条毛巾用力扔到玛雅的脸上。玛雅被脸上的毛巾弄得窒息了一瞬。"哎呀，对不起。"红田笑着，粗暴地收回毛巾，毛巾唰的一下挫痛了玛雅的嘴唇。"这块毛巾干了，我想放到床上，以为你不在呢，没好好看清楚，抱歉。"红田不认真看，就以为我不在，所以我对红田来说，在和不在都一样吗。而且，她冲我扔毛巾的那种身姿动作很恶心，好像把蜕掉不再需要的皮掷了过来。我看见红田的胳膊闪着奇异的明亮光泽，难道她想告诉我，她变得越来越漂亮了，所以把蜕下来的旧皮扔到我脸上了。她看那本《道林·格雷》的时候，故意把封面亮给我看，用意显而易见。难道红田想说的是，她为了保持年轻不知疲惫的状态，理所当然要将疲惫扔给我，让我全部背负上。所以我给了红田一点颜色看，告诉红田不能这么解释《道林·格雷》。红田直到上了大学才知道这本书，我从小除了图书馆之外无处可去，阅读量不可同日而语。这本书我小时候就读过好几遍了，趁这个机会，我要好好让红田知道一下这是本什么书。

　　不知从何时起，仿佛一根皮筋忽然断开似的，红田消失不见了。对玛雅来说，最难忍受的是，红田在发出一种信号，仿佛在说玛雅在或不在，她都能活得很好。这怎么可能呢，只要我稍微不理睬，红田就会做出荒唐事，玛雅曾经这么想。实际上没这回事。不知不觉间，玛雅搬出了大一宿舍，离开大学，离开同居之家，被其他人赶出门，时光流转。红田一定在等待着某个瞬间的到来，但那个瞬间迟迟不出现。听不到一点儿足音。玛雅听不到任何声音，仿佛鼓膜破了。当然普通声音还是能听到的，问题是红田不发送信号了。

　　那之后玛雅等了多久呢？有好几年，除了等待之外，她不记得做过别的。有一天，终于等到了。红田派来了使者。室友丽兹忽然发来邮件，说想和玛雅聚一下。丽兹在邮件里说，我因为工作到处飞，无论你在纽约还是在夏威夷，都跑不掉的。玛雅想，如果不去见面，反倒引发狐疑，于是便回信说非常想见一面，为了显示她是真心的，她甚至指定了具体日期。

玛雅等了几个月，丽兹真的来了。看见丽兹的那一刻，玛雅心里没有涌上丝毫感慨和喜悦，丽兹却兴奋得像个啦啦队女孩。丽兹问："你的孩子还好吧？"玛雅想，这人在开什么玩笑吗，坦率地回答"我没生孩子"。丽兹一愣，慌乱地道了歉。丽兹这样子不对劲，她说自己明年结婚，可能是想说这个吧，玛雅想。玛雅没有问起红田，不出所料丽兹主动提起来了。"我前段时间见到红田了，她说很想见你，见到你，和从前一样敞开心扉好好聊一聊。"丽兹只会说英语，用了 heart 这个词。玛雅想，红田可没有 heart。如果有，也是两人在一起时才互相使用的赫兹电波。不过玛雅不敞开电波，也不想敞开，既然红田说要敞开心扉，那么敞一下也无妨。这么想着，玛雅的身体颤抖起来。丽兹这次来，显然是受了红田的委托。

"玛雅，你们后来同住了一段时间对吧，之后完全没有联系吗？"听到丽兹这么问，玛雅很惊讶。什么同住？红田为什么向丽兹编造这些？或者红田有妄想症，认定了两人真的一起住过？不对，红田那么粗糙一个人，不会有妄想这么细腻的情绪。红田只是想让我头脑混乱，把我钓过去吧。

丽兹兴致勃勃地讲起了红田的事。什么姑姑离婚后把房子租给别人自己去南法住了一段日子，什么租客和红田是大学学友，再问发现租客曾和红田共用一间宿舍，兴奋之下姑姑给红田打了电话。姑姑家是P市郊外的一所蓝色房子，隔壁工厂曾出过命案，警察被怀疑杀人，真凶其实是高中生。玛雅心想，我并不想知道这些细节啊，为什么要告诉我，太奇怪了。玛雅刚要问"为什么要告诉我这些"，丽兹却滔滔不绝根本不容玛雅插嘴，之后忽然看了看手表："糟了，我要被未婚夫抛弃了。他是个坚守时间的人。"说着穿起了大衣。门快关上时，玛雅想说"很高兴你回来了"，却又把话咽了回去。

剩下玛雅一个人了。她想，红田输送来这么多信号，不回复不好，再说自己等待这信号已经很久了。红田说想敞开心聊一聊，明知心一旦敞开就成了废品，还特意找人传了这句话。

11

如果灭世洪水来临，

很有可能会有某个恶魔为了拯救犯罪，

捡拾起所有种类的犯罪样本

带上挪亚方舟。

也许这架飞机就是方舟。

我简直想问问别人，为什么得来这个叫作蔚蓝索拉[1]的地方。答案很简单，离地越远速度越快。无论多么先进的超特快列车，都因为车轮与铁轨之间的摩擦而速度受限。空气的摩擦力更小，只要飞机持续飞行，恍似能超越时间。但是从一月到十二月，我像狂风一样在空中飞，让我有种自己已是过世之人的错觉，仿佛只有我认为自己还活着，别人已经看不见我了。

每年我坐飞机的时间越来越多，而且都是长距离国际航班。在和陌生人共同度过的十几个小时里，大家要紧贴着身体睡觉，吃饭时嘴巴和嘴巴相距不超过三十厘米，能互相听见咽唾沫声，牙齿相撞声，稍微抬起胳膊和腿，体味就会飘散开互享，无法中途下

1　索拉（sora）是日语中天空（空）的发音。

机。隔壁乘客距离太近自不用说，前面的人挺直脊背，体重就会朝我压来，后面的人膝盖顶到座位酷似直接踢中了我的屁股。通道对面的人翻看杂志，一瞬间书页上小提琴家的脸让我不由得跟着一起入神，从对方侧脸就能看出他也察觉到了，但他若无其事，以被偷看的心态继续翻看，让一页一页沐浴在顶光下，小提琴家的脸倏忽消失在耀眼的白光里。

这么看起来，这种被迫与他人共度的状态和监狱有什么区别？和监狱一样逃不出去。如果是坐牢，不用问也知道旁边的人触犯了法律，所以很容易展开"你是怎么进来的"之类的对话。飞机上不好做这种聊天，不过出乎想象，邻座男人杀过人的可能性其实很大，仅回首过去十年，就发生了那么多战争。

当然最好的办法是无视邻座之人，就当身旁是个空座。

已经在播放登机广播了，我还继续写着连载小说，不想收起膝上的笔记本。那么早钻进飞机没什么好处，我想在外面坚持到最后一刻。那天也一样，等我走到自己的座位时，靠窗和中间座位上已经有了人，靠通道的我的座位上放着装在塑料袋里的毛毯和耳机，安全带软绵绵地垂着头，好似一条蛇横在上面。

　　我的左边坐着一个身材魁梧长着一头茂密栗色头发的男子，右胳膊架在扶手上，就算我不想看，也能看到他晒成褐色的手腕上绑着一条彩色细线搓成的手绳。忘了什么时候，一个在南美旅行了好几个月的朋友回来后也送给我一条类似的手绳，用作辟邪的话，实在太细太软了。邻座男人的这条，也许是与在异国结识的恋人山盟海誓再次相见时系在手腕上的。男人左手把手机凑到鼻前，像抠弄什么似的用力输入文字，请乘客关闭所有电子设备电源的广播已经响起，他依然在用粗壮的手指打着字。我好像受到什么吸引，瞟了一眼屏幕，男人打的不是字母，是一长串数字。

　　我把包放进前方座位下方，弯腰撕开塑料袋拿出深蓝色薄毛毯，叠成小方块垫到座位上，然后坐了下去。把耳机放到前方网袋，半浮起屁股调整毛毯位置，于是看见了前排三个女人的栗色、红色和黑色头发。坐在我正前方的栗发对着她左边的红发用英语飞快地说着什么。三人的发色都不是天生的。谈话的两人看似在一起旅行，细听好像要去参加什么会议。她们开始说英语，又突然换成了法语，听不懂她们在说什么。只觉得红发的口气像在讨好，想吸引栗发的注意。那种讨好里仿佛握着无形的匕首，不是捅完了立即逃走，而是在两人拥抱时，用刀尖从后背绵绵密密地扎。被刺的人不受伤，也不流血，只会因为神经之痛而疲惫不堪。

乘务员走过来用英语请男人关闭手机电源，声音柔和，面带微笑，态度坚决。男人惶恐地缩缩脖子，露出取媚的笑容，点了点头，仿佛在用恶作剧被发现的孩子气和肆无忌惮的黑帮做派交替着诱惑女性。

我已经不想往左边看了。但很难把视线始终保持在正前方。正前方视野太狭窄，一块寒酸的小显示屏在电影开始之前只昏暗而模糊地映出我自己的脸。隔着通道的右边座位，坐着衣着优雅的老绅士。从侧面能看出他表情平和而满足，仿佛在眺望自己栽培出的庭院鲜花。他邻座的女人一发出什么声音，他的脸就立即阴沉下来，优越感从鼻孔里向前一个趔趄，翻滚着飞了出来，令他看上去像童话里的坏人，随后话语如气泡般从他口中溢出，心有不甘似的龇出了牙齿。女人似乎毫不在乎，照旧以刚才的声调滔滔不绝，他们是结婚多年的夫妻吧。再一看，男人穿着擦得锃亮的奶茶色皮鞋，里面是与鞋搭配的深褐色化纤袜子，毫无疑问，几小时后这里将因为出汗而散发出臭味。

飞机开始在地面慢慢滑行，邻座男人也开始窸窸窣窣地晃动起腰，能听到他渐渐粗重的呼吸吹乱鼻毛的声音。他右手的粗壮手指紧紧抓住扶手，虽说飞机上没有其他东西可抓，不过如果飞机坠落，紧抓扶手也于事无补。他在地上的时候，一定是靠大块头身材打拼的，以为哪怕敌人袭来，只要使出力气打回去便可。但现在没有敌人，只有一种看不见的力量在将他吊向半空，无论何时将他掼到一万米之下的地面，他都无从抵抗。

刚才还全神贯注地在手机表面上贪婪跳舞的指尖，现在不再有可以通话的对象，只在扶手表面发出不规则的叩击声。一个总是与谁联通着电波的人，在起飞时手机被禁止使用之后，突然变得孤独，面对的是自身。出现眼前的另一个自己也许是杀人之人。

我胡闹地浮想着这些，偷偷解开安全带，刚要站起身，发觉上衣下摆被邻座男人坐住了。接下来的几小时我要一直坐在这里，倒也不成什么问题。只是一旦察觉下摆被坐住，每当身体向右稍微动一下，衣角被紧紧扯住的感觉就很糟糕，我放松不下来。虽然没有扭动身体的必要，但就是忍不住不时扭动几下，好像为了确认那种不快感。

我听到声音，于是看向右边，发现隔着通道的邻座绅士皱着眉，用德语以愤怒的语气说："从那什么也看不到的，别费劲了。"他的脸朝向正前方，我以为他在自言自语，又马上明白过来，其实是说给坐在他身旁的女人听的。能看见似乎是他妻子的女人前倾身体想看舷窗外。丈夫一边微微收回下巴，好让妻子看得容易些，一边嫌弃地皱起眉头说："你什么都看不到的。"

舷窗确实很远，看不到什么外面，妻子并未流露什么不满，充满好奇心的年轻的微笑里保持着优美的平衡，渐渐转换为成熟的表情，似乎在说，看不见那就算了。丈夫拉着脸，"什么也看不见吧。早就告诉你了"。妻子再次歪了歪头，脸上的平静没有崩散。也许她故意用这种始终平稳的心态来激怒丈夫。如此一想，这也不失为一种攻击方式。"行了别看了！"丈夫气哼哼的，"《圣经》里也写着呢。"丈夫说着引用了某段经文，让我很吃惊。他嘟嘟囔囔的我没听清，但在这种时候引用《圣经》，真是个怪人。妻子听后不甘示弱地反驳，"不过《圣经》上还有这样的句子呢……"引用了另一段。后排传来一男两女轻松愉快的讨论声，飞机正准备起飞，这对他们来说不具意义。他们似乎觉得不必多虑"万一飞机坠落怎么办"之类的事，只用艺术家的爽朗做派抓取一些英语单词在半空中互相碰撞，随后传出笑声。具体内容虽然听不清，不过他们似乎在兴奋地聊，原本可以成为艺术家的人去当了官，返回头来憎恨艺术家是最值得警惕的。

　　头顶的行李舱门晃动着发出嘎吱声，机舱通知在用三种语言反复播放，被这些声响扰乱着，我依旧清晰地理解了他们零散而即兴的奇妙英语，连我自己也觉得不可思议。也许因为是我熟悉的人在谈我熟悉的事。我不用站起身回头看，只听声音也能浮想起三个人的脸。坐在我后面的，是日本女舞蹈家，坐在她身旁的，是中国诗人，一旁坐着德国左翼作家。差不多就是这样子吧，我随意推测。他们是置之不管也会顽强活下去的野草。他们触犯法律，被追捕，因为光着脚或者穿着木屐，摔倒后被抓住，挨打，有时被不公正地逮捕，也不会轻易颓倒认输。我身侧这个体格健壮的年轻男人，却让人担心如果他被置之不管就会完蛋。我右边的绅士淤积了那么多对妻子的敌意，打算发泄到何处？

大颗水珠开始敲打舷窗，一切变成灰色，机场的进深消失了。如果灭世洪水来临，很有可能会有某个恶魔为了拯救犯罪，捡拾起所有种类的犯罪样本带上挪亚方舟。也许这架飞机就是方舟。这么想着，我再次环顾四周，感觉每个人都怀有犯罪的理由。如此说来，我也在飞机上。

前排座椅上，两三根微微卷曲的栗色长发闪烁光亮。软头发有时会因为静电竖起来。旁边座位上竖着一根卷曲的红头发。或许是红发说了什么有趣的话，栗发发出尖细的笑声。红发心满意足地追加服务，栗发再次笑起来。不是发自内心的好笑，让人觉得不舒服。从我的位置只能看见偶尔闪现的发丝，听到一些声音的碎片，我想，无论哪种头发，下面都是真实的人，都活了几十年，背负着各自的纠葛、伤痕、淤泥和疲惫。

这时，红发扭头，用英语问坐在窗边的黑发女人："度假？"黑发女人用一种女佣般的拘谨语气回答:"不是的。儿子在曼谷工作,邀请我过去,我这是刚刚回来。"嗓音沙哑,带着南美口音。少许停顿之后,她仿佛下定了决心,再次开口:"我儿子在酒店工作。"我认识一个和她说话口气相似的家政工人。红发顺口回答:"那真不错。"随即又问:"你在曼谷待了多久?"黑发女人的话音陡然变得尖锐:"你问这个干什么?"

有人就算是长期在某地非法停留,我个人也不觉得有何不妥。如果是在伦敦杀了丈夫然后逃到国外待了一段时间呢?如果是这样,这人不可能返回伦敦吧。如果事情更复杂呢?比如现在在泰国酒店里工作顺利的儿子当初因为其他原因才逃离了伦敦。我在脑海里为他们编写了一个又一个故事。没办法,谁让机舱内电影迟迟不开始呢?我给周围乘客捏造了一番剧情之后,忽又觉得每个故事都不是妄想,而是来自真实现实。

飞机似乎已经就位,短暂静止了一下。接下来会像跳高选手那样助跑起飞吧。能感觉到飞机深吸了一口气,以一种撞上南墙才死心的架势一点一点跑起来。飞机的轮胎小得令人心惊,幸好人坐在里面看不到。随着速度不断加快，能听到一种震动声，令人担心是不是螺丝松动了，我知道多半是行李架和小桌板发出的声音，但不知为何，总觉得无论哪家航空公司的飞机，声音都一年比一年更大了。

就在这时，我放在膝上的左手忽然被人紧紧握住了。惊吓之下我斜睨左上方，邻座男人一脸烂泥似的崩溃表情，用英语小声嗫嚅："对不起，我害怕。"我听说过有些商务人士因为惧怕起飞，会情不自禁地抓住邻座乘客的手，可我身旁这人，"无业游民"的头衔更搭配他。他这种窘迫，让看着他的人更尴尬。我不觉得害怕起飞是丢人的事，只觉得把害怕当羞耻的人才更容易患上恐惧症。那些什么也不怕认为自己能解决天下事的人，像个幼儿，如果没人握住他们的手，就害怕得无以复加。不过握个手我又不会少块肉，再说能帮他一下，我忍受着湿滑的感触，想去理解他的痛苦，但是做不到。不可能做到。我的痛苦是飞机迟迟不起飞。

"我特别喜欢飞机离开地面的那一瞬间。"我脱口而出，随即后悔此时此地这话太刻薄了。邻座男人低垂着目光点了点头。我说的是英语，所以语气带上奇怪的正面积极味儿也不尴尬。"飞机在地面滑行的时候，让人感觉这东西怎么可能飞得起来，不过突然有一个瞬间，飞机腾空了，就像一个奇迹，所以我喜欢。每当我想挑战看似不可能的事情时，总会想起飞机起飞的那一刻。"男人似乎以为我在试图安慰他，连说"我明白，我明白"，点头次数多到不自然。他不可能明白，真明白就不会害怕了。我暗想。

机舱内的所有物体犹如被幽灵附体的家具不安分地乱动起来，飞机像台风一样发出轰隆巨响，在地面上狂奔，在即将到达忍受极限的瞬间，地面一下子空灵地消失了。"就是现在！"我低声说。男人面色苍白，咬紧嘴唇。飞机缓慢地左右摇晃着掘开云层，腾上天空。我舒服到脊背发痒。

真希望飞机快点穿出云层。斜后方的座位隔着通道应该能看到我的大腿和膝盖，但是能看见我膝盖上的手吗？如果看到我的手正在被人握紧，会不会觉得奇怪？我担心地回头看看，一个瘦高男子埋头读着平装书，根本没往这边看。让我惊讶的是，他身边还坐着一个读书男子，两人长相一模一样。

飞机穿出云层，进入一片蔚蓝。明亮得毫无杂质，带着奇异的冷感。邻座男人那热度退去、逐渐干燥的手终于松开，简单地道了声对不起，从口袋里拿出一张名片递给我。我想，这人怎么看都不像使用名片的人。他看出我是日本人，所以才递名片的吧。明显是在车站自动贩卖机投币打印的简易名片。我随口试探道："这不是你的真名吧。"男人鲤鱼一样张了张嘴，一句话也没说出来。"算了，没关系。真名这种东西，只有警察才想知道。"我站起身，去了前方的洗手间。隔着通道，斜前方坐着一个小学生模样的男孩，一旁的男人像是他的父亲。两人的金发都明亮得几乎刺眼。洗手间有人，我站在门口等待，顺便悄悄观察了这对父子。男孩约莫十岁，乖乖坐在家长身边时一脸纯真。只要家长稍微移开视线，男孩就会眯细眼睛，冷笑的眼睛里闪烁出邪恶之光。他的视线刺向我腰上摇晃着的小书包，倒也不是想偷，他在轻侮地笑。我瞪回去，他吐了下舌头。父亲难道没有意识到他在为恶魔养孩子吗。父亲怜爱地看着孩子的侧脸，问："你渴不渴？"

　　洗手间的门从中间折弯敞开，一个嘴唇结痂的男人走出来。我错身而过，进去关上门。一名空乘经过，怀疑地看向我。我身上没什么可疑之处，也许是周围之人的隐秘映入我的脑镜，让我显得怪异了。

我拿出一柄小刀，在马桶上仔细地削铅笔，展开一块大约十五厘米长的卫生纸按到镜子上，画了座位图。我的左边，是害怕飞行的男人，用Flight（飞行）的F代称。前面的栗色头发是M，她旁边是头发染成番红花色的B，靠窗坐着去曼谷看望儿子的B。并排出现了两个B，只要我自己记得谁对应谁，倒也无妨。我的背后，并排坐着舞蹈家、诗人和作家，分别用H、X和Z代称好了。隔着通道坐在我右边的那对相貌优雅互相憎恶的夫妇，就称为W夫妇。他们前面的金发父亲和从魔鬼那里得来的孩子，称为M家人。通道对面斜后方长相一样的两个年轻男人当然不可能是克隆人，多半是双胞胎，就叫他们O兄弟吧。W、O和M这三对双人组合都坐在通道另一侧。

我的座位图中剩下的空白是F身边的靠窗座位。那里应该不是空位，可我想不起来坐着男人还是女人。

叠起座位图放进衣兜。按下冲水按钮，握紧拳头般的短暂寂静之后，马桶中的东西被嗖的一声吸走了。划开锁走出折叠门，一名乘务员仿佛刚好站在门前，目光飞快地审阅了我的脸。看来，我看上去有些可疑。

回到座位，邻座男子在装睡，这是最省事的。既然在飞机上无法使用躲进房间不见人的战术，那就只好装睡。不过很快，似乎是鸡肉油脂的甜美焦香令他破了功，随着餐饮时间的到来，他开始蠕动身体。

飞机餐发下来了。一般人都是先吃配菜，接着吃主菜，最后吃甜点。我习惯反着来。撕开透明塑料袋取出柔弱的塑料餐刀，捅进甜点布丁里，舀起一点尝了一口。不出所料，立即感到一种扎伤舌头的苦涩。配菜沙拉里的胡萝卜宛如塑料。将塑料刀轻轻插入覆盖在主菜上的铝箔，尽量不发出声响。能感觉到邻座男子正在观察我的手。餐刀放到杂乱餐盘的一角，用指甲小心地揭开烫得几乎不能碰的铝箔，下面露出一盘仿佛即将溶化的人脸似的焗饭。这张脸很熟悉，看到的瞬间，我的呼吸差点停滞。这不就是那位坚称"不能站在微波炉旁边，否则对大脑有危害，尤其容易引发抑郁症和突发性暴力行为"而长期被媒体当作笑柄的名人吗？这人原本研究电子物理学，因在大学发生纠纷而放弃研究，转入家用电器公司后不久就开始宣称微波炉存在泄漏电子的危险性，被公司解雇了。最开始，电视和杂志报道过他的理论，但是随着新型号电器的问世，他逐渐被视为落伍的怪人。在那个年代，只要不断更新机型，就连炸弹都能被宣传成安全无害。他的理论究竟是正确的，还是错误的呢？不管怎样，反正他的脸以这种方式被装入焗饭盘中烹制，脸颊溶化开，嘴唇仿佛加热后的番茄，表面那层半透明的皮干燥剥离，下面的肉黏黏糊糊地溶化成了一片血色。这张嘴再也不能布道了吧。话说回来，我到底为什么选了这道餐？

　　"您要意面还是鸡肉？"听到乘务员询问时，"意面"这个单词一下子惹火了我。我针锋相对地反问："所谓的意面是通心粉吗？"话一出口，在"通心粉"这个词的回响中，一间我遗忘已久的昏暗房间倏尔闪现又消失了。那个房间里只有一个插座，我坐在裸露的灯泡下，吃着热腾腾的刚煮好的通心粉。除了通心粉没别的，上面没有裹沙司或配酱，通心粉在自己的通心空洞里自行发电，闪耀出胖乎乎的光。"呃，通心粉？"乘务员的表情仿佛眼前突现了一个荒唐之物。

如果不是通心粉（macaroni），大可以说是托尔泰利尼云吞（tortellini），或者千层面（lasagna），单单循规蹈矩地说是意面（pasta）[1]，我就感觉自己的脸被拍了一巴掌。

我只闻了奶汁和烤熔芝士的气味，没有吃，把铝箔重新盖了回去。有传闻说，为了让乘客老老实实地睡过去，飞机餐里可能含有微量安眠药。不过也有很多人毫无怀疑地吃光了端到眼前的饭。

邻座男人见我什么也没吃，便搭茬道："你要了鸡肉，上来的是意面吧。""不是，意面也行的。"我连忙回答。"不过你刚才说的是鸡肉。"他不肯放弃。我不记得自己要过鸡肉，同样不记得要过意面。突然之间，不知为什么，我忘记了自己的选择。明明刚才还记得。选意面还是选鸡肉，机舱内难得有这样一丝微弱的选择自由，我却忘记了自己的回答，我很生自己的气。

邻座男人伸出长胳膊，一下子攥住路过乘务员的衣摆，硬生生地拦住报告说："这个人要了鸡肉，你

1　意面（pasta）是意大利面食的总称，通心粉、托尔泰利尼云吞和千层面为细分的叫法。

们给了她意面，她一直没吃。"乘务员面无表情，低头致歉，走到机舱后方，新端来一盘鸡肉，拿走了那份被打开过一次成了瑕疵品的意面。这下，鸡肉我非吃不可了。虽然隐约觉得这也是个圈套，但邻座男人在监视，没办法，我只能拿起柔弱的塑料餐刀戳向干巴巴的鸡肉。咔嚓一声餐刀断成了两截。没办法，我从手提包里拿出自己的刀切开鸡肉。邻座男人惊呼出声。这时我才想起，机场安检为什么没有查出这把刀？"刀不可以拿上飞机，赶快藏起来。"邻座男人说着，抓住我的手腕。"为什么？能通过安检，就说明是被允许的。一把削铅笔刀而已。这也能叫恐怖主义吗？"恐怖主义这个词响亮地回荡开来，四周顿时安静下来。男人在我耳边嗫嚅："万一被发现就麻烦了，你会被捕的。"我却在想，都是你多管闲事，非让邻座吃这盘鸡肉，这下发现邻座的恐袭性了吧，自找麻烦。

在这男人的注视下，我慢慢把鸡肉切成小块，用纸巾仔细擦拭干净那柄刀，放回手提包，用勺子继续用餐。一边慢慢咀嚼鸡肉，一边用脸颊感觉着邻座男人在为想问"为什么不用餐叉"又问不出口而烦躁。

飞机餐结束，销售免税商品的推车在座位间穿行。之后机舱灯光熄灭，我以为大家会开始看电影，未料所见之处，人人都裹上毛毯，徐徐融入黑暗。如果我被人要求"赶紧睡觉"，就忍不住想看书，从小学修学旅行那会儿就这样。那时有人说，别人都睡觉，就你看书，你会近视的。我觉得这是他们为了让我放弃读书而采取的策略，所以反而想读书。但是现在，我拿起包看看里面，放在里面的三本掌中书都不见了。

有时俯瞰积雪般蓬松柔软的云层，会有想跳下去的冲动。跳下去的感觉一定很好。我总想，以后住到云之上，就不再有多云或者下雨之类的天气，没有台风，当然更没有地震和海啸，天空永远晴朗，说不定很冷，很寂寞。阳光均匀普照在飞机窗外，那种感觉超过了寂寞，堪称寒彻。如果一生都沐浴在这种光里，人会失去感情吧。飞机开始下降，钻入云里。一旦进入云中，云便不再洁白，不再蓬松，成了灰色的纤维乱絮。忽然飞机开始剧烈摇晃。电车也摇晃，但电车因为被重力绑定在地面上，只是左右摇动。而飞机远离地面，只会跟着气流昏头昏脑地打滑，如果被气流抛弃，就会吧嗒一下掉下去吧。在我的感觉中，无所谓，掉就掉吧。如果在地上，我只是看着拇指被菜刀割破一个大口子流出鲜血就会心惊肉跳，到了云层之上，便感觉自己已经死了，死亡这件事变得那么奇妙抽象。

飞机沿着空中台阶徐徐向下。仿佛吸收了远近距离感的蔚蓝之色被叫作灰色的噪声扰乱碰撞着，发生动摇。每动摇一次，我便想起一件还没做完的小工作。闻到浓重的威士忌酒气。左邻发出微弱的鼾声。这人嘴上说害怕，着陆时却睡着了。

飞机开始准备着陆，逐渐降落到云下的世界。时间仿佛被无限拉长，我从一个不畏惧死亡的透明存在一点一点变成了能被小石头绊倒的俗世普通人。飞机出入口打开了，夹杂着地球表面特有的草与粪味的湿气涌进来，我来不及把每一种感受逐一转换成语言，便已经成了地球的一部分。

即使是地球的一部分，也未必能被哪个国家立刻接收。我之所以特意从仙台飞到泰国，明明在泰国没事，依然住了几天，然后飞向伦敦，就是出于小心，以防被人怀疑。我持欧盟护照，以为可以顺利通过入境检查，可是对方打开护照，比对着我的五官，发现我的出生地是"东京"后皱起眉头，意味深长地说:"亚洲哈?"这是第一个陷阱。对方说的不是"东京",也不是说"从曼谷过来的",世上没有哪个城市叫亚洲,对方却故意使用这种暧昧名称试探,搜寻我的破绽,试图抓住把柄。如果我明快地回答"我刚从泰国休假回来",也许反而行不通。检查员哗啦哗啦翻着盖了大量图章的护照页,问我:"只去了泰国?"他明明可以直接问:你没有去日本吗?这种模棱两可的问法也是陷阱,促使我说谎。他们一定认为只要我说谎,便能以说谎罪逮捕我。我假装听不懂问题,回答道:"泰国的海非常蓝。"

他哗啦哗啦翻动我的护照。不管哪个国家,盖入境章的人都不按顺序从第一页盖起,究竟为什么。他们都随心所欲翻开一页,在喜欢的位置上盖章。难道因为这就是他们工作中仅有的自由?因为随便盖章,护照的每一页都杂草丛生,不见缝隙。而且因为杂乱无序,我不由得想,这种环境对想隐身的印章太友好了。无疑这也是一种陷阱。我能看出检查员的视线停留在成田机场的印章上。他皱起眉,看向我的眼神陡然严厉起来。从他的肩膀动作可以看出,他的右手按了桌上的某个按钮。我有自信,可以从很低的位置预测入境检查员的动作，这个本事是我八十年代每次入境苏联时磨炼出来的。

不出所料，两个穿着制服的女人出现，将我带走，一左一右，身体始终与我保持着距离，紧张的表情里似乎夹杂着怜悯。我们走到一扇标着"R"的门前，她们让我拿好一本英文说明书，独自进房间。告诉我房间里有机器，说明书里写了如何使用。其实不用看也知道，肯定是为了检查身体是否沾染了放射性物质。我独自进去后，说不定房门会从外面锁上。说不定检测数值只能从房间外读取。如果说数值高，我会被拘禁，接下来会怎样就不知道了。

如果我把脑中浮现的一切都起名为妄想，事情会简单得多，可现实并非如此。我仿佛听到一个声音："快逃！"千万不能按照说明书指示去做，我该拨开制服女人的胳膊，踢她们的肚子，拼命逃走。从逃走的那一瞬间开始，我就会变得和弗莱姆特一样。逃避警察，就等于犯下了需要逃跑的罪行。想到这里，我犹如受到电击。我不再需要去找弗莱姆特，现在轮到我了。

12

你惧怕杀人犯出现，

所以无法安眠。

既然如此，那么你在白天

尽管让幻想中的杀人犯一个接一个地

出来就好了。

放出来就没什么可怕的了。

那是一件小事，却比任何杀人事件都更让我震惊。

一天，我和一位女医生走在易北河畔的路上。也许因为河面宽广，水面起伏如潮汐，用平稳的一起一伏耐心地引导着我的呼吸。不知不觉间，我的呼吸声平稳下来了。我走路时有个毛病，总是用鞋底擦着地面，平行着走，就像在把鞋底放在木刨上一下一下削着木鱼屑。那天早晨，女医生刚刚告诉我："走路时不要脚尖着地，要让脚后跟先着地。"不知不觉间，我又在脚尖先着地，刨木鱼屑一样走路了，我连忙脚后跟向前伸，身子摇晃，险些向后摔倒。好不容易找到平衡后，我也弄不清自己在做什么，不知该怎么迈步了，我能用余光看到夕阳之下，女医生不出声地笑了。

人生至今为止，我用脚尖先落地在地面擦行的姿势一共走了多远的路？细想一下数字，几乎要晕眩。每到换季，我把鞋子拿去换底，修鞋匠都会说"你的鞋底磨损得太厉害了"，不过我自己不介意。

也许因为此处位于绵延数百公里的北德平原，看不见一座山，所以易北河畔与海滨浴场一样覆盖着白色细沙。宽阔的河畔比水面高出三到五米，上面是狭窄的人行道，背后的堤岸更高出十米。沿河大道边，气派的住宅鳞次栉比。从大道上俯视，易北河面的位置相当低。我和女医生就走在与水面几乎齐平的地方，没有抬头仰望过河岸。水边沙滩不好走路，我们走在水边的一条水泥小径上，从路上跌落也不会受伤。可我们两个紧张地维持着平衡。其实只要不并排走就好了，但又会出现谁在前谁在后的问题。所以我们勉强并肩走在路上，谁也不想从路面跌落。如果紧贴着走，又会发生碰撞，难免会被挤出去。我们紧张地保持着只让手肘互相轻触却不紧贴的距离。

某日我忽然失声了。朋友介绍我去家附近的一位女医生的私人诊所。我每天去治疗，几天后能发出嘶哑的声音，一星期后恢复了正常。不过，女医生说我尚未痊愈。我也觉得她说得对。别看现在好了，如果连续几天参加谈话会和朗读会，很可能再度失声。所以我推掉了所有需要抛头露面的工作，每天喝热水，睡高枕头，不时舔盐块，每天去看女医生，过着遵听医嘱的生活。这位女医生的表情犹如中宫寺[1]的弥勒菩萨，和我以前见过的所有人都不一样。每天去见她，我都很兴奋喜悦。

那天是星期五，女医生说："明天汉堡有一场《痛风与精灵》的研讨会，谁都可以去听。我想去，当天去当天回。"说完，她深深地凝视了我。我们之间已是能聊些家常闲话的关系，但还没有亲近到可以一起旅行的程度，哪怕是当日往返的小旅行。但在那一刻，我仿佛被催眠了，当场宣称："我和你一起去。"女医生没有惊讶，只说："那么明早八点半在中央车站的咖啡馆会合吧。咖啡馆叫什么来着？对了，好像叫玫瑰。"事情就这么飞快地定了下来。第二天我醒

---

1 建成于日本飞鸟时代，位于今日本奈良县。

来，带着前日尚未消退的兴奋去了车站，比约定时间提前了五分钟。玫瑰咖啡馆在车站里，唯独那里灯光昏暗。女医生已经站在那里了，镇定自若地喝着浓咖啡，一件深色大衣取代了白衣，头发结成两个团子梳在头顶。我们的视线合到一起，那一刹那，只感觉我们虽已到这把年纪，这场旅行却像一场十七岁少女谋划的冲动私奔。我的面颊烧起来了。不过，如果现在取消小旅行，倒好像在心虚，反而会给事情平添不必要的意义。我们只是去一个特快列车一个半小时就能到达的地方而已，和在柏林一起去什么地方没有区别。而且我们这场当日往返的旅行有明确目的，那就是思考痛风与精灵的关系，没什么可脸红的。不过，我这样不停地说服自己也很滑稽。我暗自期待女医生先开口说出"我们还是不去了吧"。可是女医生和我一样，除了一句"早啊"之外，没再说别的。她稍微流露出一点羞涩，不像是在生气。她不爱说话，仔细想一下，至今为止，我的朋友里还没有这么少言寡语的。

走上站台，就在我东张西望时，女医生往前走了。也许二等车厢要往前走。我无言地跟在她身后。她快步向前，活像竞走选手。势不可当的劲头令我担心她会不会直接走到尽头掉到铁轨上。快到站台尽头时，女医生猛然停下脚步说了一声："回去吧。"我的胸口好像被谁攥紧了。不可以，我绝对不愿意回去。正这么想着，忽然悟出是我想错了。女医生在说，走回到站台中部去。

研讨会是在汉堡港附近新建的多功能小会场里举行的。从十点到十一点半，我聚精会神地听了与会者的发言。午休时间里，和女医生出去吃饭，炸鲽鱼刚一入口，我的肠子开始跳舞，几乎要从嘴里飞出来。我如实说身体不舒服，打算在我熟知的达姆托尔车站附近的酒店要个房间过去休息，请女医生自己回去继续听研讨会。我说我要一个人去酒店，女医生不听，一路上紧贴着我，扶着我的胳膊，倒让我担心起来，我们这样子看上去太像女警官和犯人了。

我求女医生，我今夜在此住一夜，明天回柏林，你能不能一个人去听研讨会，傍晚一个人回柏林。女医生说，她身为医生不能这么做。我和医生一起出门旅行时生病，也太套路了，我很脸红。进了酒店房间，女医生二话没说，开始脱我的衣服。我原本想当晚返回柏林，所以没带睡衣，德国又不像日本那样房间里备有睡衣，我只好裸着钻进毛毯，仰望天花板，感觉比房间狭小得多，明明面积一样大的。房间里有家具，有人，反而显得宽敞。

女医生看了我的舌头和喉咙，想测我的体温，我说："你好像来这里上班了，事情好滑稽。"我觉得自己说得很妙，忍不住笑出来。女医生却严肃地忙着她的。

窗外传来救护车鸣笛声，不是渐近再渐远，而是突然间震耳欲聋，又骤然消失。诊断结束，我钻进蓬松被子，有人轻轻拍着我，我不禁昏昏欲睡。不能就这么睡过去，我想。于是我打起精神来："生病不是我的主题。我总感觉自己没有必要生病，我有其他要写的。"女医生笑了："生病没有那么夸张，你只是一场风寒患了二十多年而已。最开始是鼻子不通气，细菌的顽强精神与你的抵抗能力不对等，所以你没有痊愈，一直病到现在，细菌的力量稍有变强，你就会有感冒的感觉。不过你的能力总是要比细菌稍微强一点儿，让你以为自己健康，可事实不是这样。那场风寒到现在一直没有痊愈。"

我坚持着不睡过去，但不知不觉间睡着了。醒来时窗外黑着，不知是傍晚，是深夜，或者已经到了凌晨。敲门声传来，响亮的开启声后，门打开，女医生挺胸走了进来。

"你还没有回柏林？"

"我也入住了。"

"不用管我，只是感冒而已。"

"你不能一个人。"

"孤独也不是我的主题。"

"今晚你很有可能发高烧。"

"高烧也不是我的主题。"

"从刚才你一直说这个不是你的主题，那个不是你的主题，那你的主题究竟是什么？"

"监禁。"

我刚说完，女医生好像很生气地组装起一个乐谱架似的东西，在上面固定好半透明袋子，里面似乎装着冰块。

"这些东西你从哪弄来的？"

"借的。"躺倒在床额头上放一个冰袋吗？这好像是老电影里才有的场景。不过我随即想起，比调节好高低吊一个冰袋放在额头上降温更先进的技术还没有发明出来。

"我已经没事了。"我试探着说，她没理我。

女医生在夜里几次走进房间，似乎用冰凉的手指在我额头写了文字。在额头上写字这件事，也许会让我试图隐藏的东西被对面的人读取。我半睡半醒，无法彻底清醒，手脚也无法动弹。就这样毫无抵抗，好像变成了人造人，整整一夜都处于被改造的状态。

醒来时，我是一个人。夜间有人照看我，天亮了，病好像也随之消失，于是照看我的人也不见了。其实病还在，躲到了我手够不到的地方，我心里空落落的。想要坐起来，我的肚子不见了，腹肌自然也不复存在，我坐不起来。我慌忙趴倒在床上，被子缠绕住我，我就像一块拧干的抹布一样掉到了地上。

风和风寒原本是同一个词。风寒不过是因为吹了太多的风，身体疲乏了而已。我打算这么告诉女医生，等来等去，她迟迟不出现。我心里琢磨着要不要说些什么试探一下她对西洋医学的态度，比如风寒不是什么大事，其实和风一样，吹完了便好了，如果不是那些细菌被多此一举地发现了，人们也不会觉得非要用药水去杀死它们不可。还是干脆装成听话的病人，体会被照顾的喜悦。喜悦在英语里是 joy，这个发音让我一下子想起女医（joi）[1]。但为什么是英语呢，joy 和女医生之间没有必然的联系。

到了九点，依然没有一点动静。女医生是不是一大早就独自回柏林了？这样想着，我感觉肋骨附近空落落的，寒意从肩膀逐渐下淌。我躺回去裹好被子，身体蜷曲成勾玉的形状。

风寒不是病。德语的"感冒"源于"寒冷"，身体之所以颤抖，是因为暂时被寒冷附体了。只要暖和起来，寒冷就会被赶走，风寒便自然散去。

快到十点时，女医生终于出现了：

"你醒了好久了？"

她的口气很疏远客气。我放下心来，同时又有点生气：

"都这个时间了呀。我好多了，肚子很饿，已经过了早餐时间？我得看看几点退房。"女医生脸颊上

1　女医一词的日语发音是"joi"。

扬，微微一笑：

"我已经帮我们多延了一晚，明天退房。"

"可我已经不生病了，为什么还不能回家？"

"难得出来旅行，放松一下吧。顺便仔细检查一下身体，把慢性病治好也挺好的。"

"你昨天说的那个慢性风寒，是你编的吧？"

"风寒这个说法可能不太准确。"

"那就是说，我其实没有什么毛病。"

"不过你的用眼方式很怪，呼吸方式很怪，发声不正常，走路姿势也不对劲。"

"还要治这些？不会吧！"

"我不是这个意思。"

黄昏时分，我们出门散步。几乎感觉不到风，天空中不时有夹杂着海潮气息的空气块垒移过。云朵们仿佛急着在天黑之前赶回家，以肉眼可见的速度移动着。云朵们到了晚上会在哪里睡呢？蓝色逐渐转成深蓝，变得愈发浓重，天空仿佛有了重量，犹如巨大半球压覆在小城上，我喘不过气，停下脚步，深吸了一口气。"不要吸气，更关键的是呼气。"女医生说道。"只呼气的话，肺就会空掉啊。"我佯装赌气，女医生没有回答。这一点让我咬牙切齿，她总是在无须反驳的时候，一句废话都懒得多说。

二十多年前弗莱姆特进去过的那座房子，现在早已换上新主人。"我的家以前就在那一带。"我对女医生说。就好像诊疗时掀起衣服告诉医生"疼的是这边"一样。女医生眯了眯眼，说："我们去看看吧。"

"从这里上不了那条路，得再往前走一段才有阶梯。"

前方走来一个牵着斗牛犬的小个子肌肉男，薄瘪的嘴唇间夹着一支熄灭的香烟，他敏捷扭了下腰，给我们让了路，擦肩而过时扭头，投过来估价似的视线。我以为周围没有其他人了，隐约看见远处有一个穿着大摆裙的长发女人。走近才发现这人不是女性，是个穿着裙子、留着长发的年轻男子，晕开的眼影让他看上去有些哀伤。我们擦肩而过的同时，他也立即从视野中消失，我甚至觉得，就算回头去看，也是看不到他的，那身影太虚薄了。片刻后，我看到有人走下前方的台阶，朝河水走去，一个胖男人。暮色在我与每个人擦肩而过时变得越来越深，我忽然感觉再也不想与谁擦肩而过。

河对岸两台造船厂的吊车并排伫立着，在我眼里，它们是两只依偎在一起的长颈鹿。我忍不住说："我们回去吧。"能感觉到女医生仿佛咔嚓一下胸骨骨折了似的猛然屏住了呼吸。我感觉她误会了，她以为我说的是不再散步，想回酒店。

"往回走，你看，那边有灯光的地方，咱们去那家餐厅吃晚饭吧。"我一边解释，一边暗自喜悦于女医生刚才那一丝慌张。当她意识到我并不是要真的回头，而只是打算稍微往回走几步，走到通往那条路的台阶时，她似乎松了一口气。

不过我回头一看，才发现没有必要往回走。过去我住在这里时，没有台阶连接河岸和住宅林立的街道，只能往回走到有巴士车站的地方。餐馆位于大街中段，现在有了可以直接上去的台阶。

我住在这里时，这家餐馆的老板是一对心眼儿不好的夫妇，听说最近换了人。从前，每当我深夜回家，总能看到餐馆关门了，那对夫妇养的德国牧羊犬站在那里，没有拴链子。街灯从背后照着狗，距离很远就清楚地看见狗耳在逆光下的三角形轮廓。其实无论什么狗，我基本上都喜欢，只有这条狗像是吞吃人类的恶意长大的，让我觉得毛骨悚然。路很窄，每次我经过这条狗时几乎身子挨着身子，我尽量不和它对视，小心翼翼屏住呼吸，从它身旁慢慢走过去。我每走近一步，它的低吼声也越来越震响。有一天，我听说它因为咬了路人，被枪杀了。德国虽然没有死刑，但狗在这种情况下会被枪毙。我心里想，不拴链子放养狗的主人才是问题所在，应该把狗送到其他地方重新找个主人，逮捕那对夫妻才对。让我吃惊的是，不到一个月，那对夫妻竟然又弄来了一只新的德国牧羊犬。不是从小狗开始养，而是弄来一只和被枪毙的狗一样大的狗，若无其事地继续饲养，而且晚上不拴链子。

那时我正参与一个戏剧项目，每天回家都很晚。每次快到家了，刚松一口气，必然就会看到这只狗站在路中央。这狗和之前那只体型相同，但在我眼里，它身上的恐怖气息更加浓重。我无法像以前一样避开它的目光安然无恙地通过。没办法，我只能往回走到巴士车站，下台阶走到河边，然后走过很长一段砂子地，一直走到比我家更靠前的地方，找到台阶，再折返回来才能到家。我每次都觉得自己很没出息，竟然畏惧一只狗，不过也同样相信自己有直觉，能清楚地感知动物对我有敌意还是好意，我不想冒险。幸好住在隔壁的年轻夫妇很愤慨，认为放养狗是违法行为，收集了居民签名，去餐馆理论了一番。那时我因为工作忙了一星期，没能参与交涉。后来听说，餐馆老板夫妻态度强硬，一口咬定没有放养。起初我们觉得他们在撒谎，十分气愤，眼看着谈判毫无进展，决定拍下证据提起诉讼。我把一台旧相机悄悄放进包里，甚至开始期待晚归之日。终于在一个小雨之夜，我远远看到那只狗站在路中央。抑制住怦怦心跳，我停下脚步，拿出相机，用闪光灯拍了两张照片。距离足够能清晰辨认出那是一只狗。可惜无法录下它的低吼声。

然而，到了下一周，我拿到冲洗好的胶卷，照片上只有街灯照亮着下过雨的石板路，全无狗的影子。

我想把这件事讲给女医生听，但看到她那端正而冷峻的侧脸，又觉得这样的事情不该对她说。虽然这是真事，听起来却像个悬疑风格的故事。我怕她会觉得我把邻居们写成了虚构故事人物，并因而感到不适。

餐厅多了一个以前没有的露台，仿佛新老板向着河流伸出手托举起客人，邀人进来。露台上摆着六张四人桌，靠街的一桌上，两个穿西装的年轻男人相对而坐，蜡烛火苗在玻璃器皿里轻轻摇曳着。其他座位还空着。我和女医生沉默地用下巴选择了座位，将视线投向河水，坐了下来。

坐在这里，我无法不想起弗莱姆特。在这里住了那么久，明明有成百上千的回忆，不知为何我只在想弗莱姆特的事。我以为梦中我们在飞机上重逢就足以释怀，显然并没有。比如，坐在弗莱姆特旁边靠窗的那个人究竟是谁，这件事就让我牵肠挂肚。既然是我的梦中场景，不可能出现与我无关的人。

女医生完全不知道弗莱姆特的事，这让我有些懊恼。如果是我的亲密友人，他们都知道弗莱姆特，我只需说一句"还记得我以前提过的那个弗莱姆特吗"，他们就能立刻与我共享那个薄云天。朋友们都认为这件事一听难忘，甚至十几年前听过此事的人，后来还会问："那个人怎么样了？"语气就像在问恩师近况。大概是因为我把弗莱姆特塑造成了一个他人也可以分享的故事主角，弗莱姆特本人对此一无所知。或许他早已从这个故事中出狱，在过完全不同的生活。

我从未对女医生提过弗莱姆特，不仅因为我们相识时间尚短，还有不知为什么，我总觉得这件事很难言说。我不知道为什么会这样，这让我不由得在座位上不断调整坐姿，反复变换膝盖的位置。

　　这位女医生与我以往认识的任何人都不同。如果我说起其他人都会觉得开心的故事，她总流露出忧虑的表情，当我说到没人愿意听的话题，她的表情会柔和下来，连耳朵也忽闪着敞开了。

　　服务生端来蜡烛和菜单，脸上的口红在烛光下闪耀着鲜艳的红光。女医生读着菜单，蜡烛火焰摇曳着照亮了她的脸，能看见一张复杂而紧张的神经之网遍布在她的脸上。她为病人诊疗时，这张脸总是带着平和而坚定的表情，一旦眼神从病人身上离开，疾病仿佛就寄居到了她的脸上。

　　女医生翻动着菜单说道："昨晚睡得太浅，醒了好几次。"她说自己的意识之腮漂浮于水面，反复究问自己是睡着了还是没睡着。每当意识想稍稍潜入深层，警报便会鸣响，把她拽回浅层。我问她是不是做了噩梦，她说好像不是噩梦，至少她不记得做过不好的梦，只是大脑持续处于活跃状态，持续生成一种与噩梦相差咫尺的东西，就像与雨相差咫尺的浓黑而压抑的云，她无法自控。而且这种状态并不少见，最近几年一直在持续。

听到这个平日总是从容淡定地诊疗病人的女医生竟然无法安然入睡，我一阵心痛。

不知该做什么，就随手翻一下菜单吧。我假装认真思考要吃什么，但一想到眼前坐着一个无法安睡的人，便觉得吃什么都没有意义。女医生点了"鲑鱼"，我点了"鲽鱼"。之后有那么一会儿，我们两人都沉默了。

北海的鲽鱼躺横在我面前。这种鱼，污泥般的灰色身体上带着刺眼的橙红斑点，望着它，我不禁有种仿佛犯错受惩罚的感觉。女医生面前的鲑鱼则被闪烁着黄油醇厚光泽的菠菜安静地包围着。

我开口说道："其实我一直对犯罪的话题感兴趣，想过很多，总觉得那些被关进监狱之人的事就像发生在我自己身上一样。我正在把这些事写成小说，结识了不少真正进过监狱的人，想把他们的事情一直写下去。"

女医生听了，脸色凛然严肃起来，语气果断地说："那是别人的故事，你说觉得事情像发生在自己身上一样，是在说谎吧？"

　　我感到被刺中了，把叉子放回桌上。我向来对一种人心怀愤怒，这种人认为犯罪之人存在于另外一个世界，认为自己与犯罪者永远不会成为朋友。难道，女医生也是他们中的一员？

　　一艘与河不协调的巨大集装箱船慢慢滑进码头，从左侧进入我的视野。我看着船，嘴上说着"但是"，其实我不知道接下来该说什么。"但是"一旦说出口，想收回已经来不及了。女医生瞪着我，视线笔直。我走投无路地说出一句"但是，你晚上睡不好觉，对吧"——这是触及对方痛处的一句话。我不想让她以为我在用触及痛处的方式占领高地，于是开始讲不痛不痒的睡眠话题。比如夜晚发出声响的枕头；比如深夜的窗帘在风的吹拂下一鼓一收，仿佛一个人的呼吸；比如熄灯之后，灯泡内的灯丝还会微亮几个小时；比如有些肖像画在月光之下扭曲了表情。女医生听着这些，表情变得柔和多了。

　　"这么说起来，我有个初中同学，三十五岁时因为杀人进监狱了。"

"对吧！"我打断她，"我每次说起这个话题，大家最开始的反应，都是以为自己的生活里没有进过监狱的人。可是过不了多一会儿，记忆就会复苏，大脑里深睡的部分受到刺激后开始苏醒活动了，要不要我讲一下你睡不着的缘由？"

"我认为是这样，你在白天拼命抑制大脑里这部分的活动，入夜后，这部分活跃起来了，所以你睡不着。大脑在试图编写出被囚之人的故事。所以如果你想安眠，那就在白天让大脑的这部分活动起来，天马行空也好，真假难辨也罢，你把所思所想说出来就好了。有时你讲述着天马行空的虚构，就会连带着想起遗忘已久的真事。有时在讲述过后，假的也会变成真的，在你的现实生活里真实发生。你为了不让大脑催生出虚幻的杀人犯，所以在白天拼命扼杀大脑的那部分。等你睡着了，那部分脱离了你的控制，有了自由，所以你的大脑会试图制造出杀人犯。你惧怕杀人犯出现，所以无法安眠。既然如此，那么你在白天尽管让幻想中的杀人犯一个接一个地出来就好了。放出来就没什么可怕的了。剩下的唯一问题，就是你要把幻想运送到何处。"

"就因为我睡不好觉这么简单的理由，我就要去做这种事吗？"

"是的，睡眠很重要。为了能安然入睡，改写世界也无妨。"

"但这终究是他人之事啊。"女医生直盯着我的脸，斩钉截铁地说。"犯罪不可能来自你的大脑，犯罪发生在你身外，在你身外开始，在你身外结束。"

说到此，我不得不搬出弗莱姆特的事了。于是，我给女医生讲述了那个薄云的天空，小雨，无人的小径。我打开门，走进来一个陌生男子。他提出要买书，我去寻找丝带。女医生连忙打断我："等一下，这些，都是你的虚构？"我猛烈摇头："全部都是真事。"我继续讲下去。女医生脸色变得苍白，表情僵硬。这些话我已经讲述过无数次，像虚构般流畅顺滑。易北河摇曳着漆黑水纹，对面河岸的灯光映在水面上，在水纹间摇摆不定。

说着说着，我意识到自己触犯了两人之间本应默守的法度。我本来知道，不可以给女医生讲述弗莱姆特的事。我也不知道为什么不该。我感觉自己在用脚趾尖试探，按捺不住地想渡过危险的桥。她提心吊胆，眨着眼睛听着。我讲了弗莱姆特的来信，讲到我想去监狱看他。女医生突然说："绝对不可以去看他！"我很惊讶。至今为止，我给朋友们讲述这件事的时候，他们都为我没去监狱而遗憾。我连忙解释："就算我想去看他，也见不到。他已经出狱了。"女医生用更加严肃的口吻说："就算你能去，也绝不该去。还有，你绝对不能再让这种人进门。"

还是第一次有人对我这么说。我不知如何回答，只用叉子戳着鲽鱼骨上残存的一点鱼肉。随后莫名涌出眼泪，滴落到鲽鱼骨上。女医立即伸过右手，轻轻抚摸了我的左手背。

那些希望我去监狱看望弗莱姆特的朋友都把我当作了小说的主人公。所以，散发着危险气息的男人的来访也成了一种浪漫。他们将这浪漫与小说的浪漫重叠，吁吁喘着期待的粗气。我自己也一样，在自知的前提下，将自己的身体用到了小说里，以为自己必须去以身犯险，要渡过即将崩塌的危桥，要毫不犹豫地吃下快要腐坏的鱼。更要命的是，如果一个有自毁倾向的人出现在我面前，我会立刻生出恋情。

唯有女医生坚决不愿意我去冒险。我说:"如果避开了危险,就得不到有趣的体验了。"她露出严厉的表情:"有趣的事是他人之事,不是你自己的。你怎么能把他人之事抢过来牟利呢。你的人生,无聊而幸福就可以了。"

我一时哑然。确实,我与那些人相遇,走进他们,把他们的事当成发生在自己身上的事。但是,我只是单方认为走进了,事实上就如女医生所言,那些人是彻底的他人。我这样彷徨在危险的境界线上,自己也有跌落的危险。暗自期待跌落的我,处于慢性自杀未遂的状态。所以我会吸引来同类。也许这种状态就是女医生说的风寒。

"那时,我以为飞机会坠落。"女医生低着头说。我听到这句话,当场浑身战栗,说不出话来。"那是一架超载了太多负的重量的飞机,对吧?我预感它会失事,所以我决定也去乘坐。幸好,我阻止了那场坠落。那时我们还没有相遇,所以你在梦中看不见我。坐在弗莱姆特身边的那个人,就是我。"

野 SPRING
更具体地生长

特约编辑｜徐　露　徐子淇

营销总监｜张　延
营销编辑｜许芸茹　韩彤彤　张　璐

版权联络｜rights@chihpub.com.cn
品牌合作｜yw@chihpub.com.cn

野 SPRING MOUNTAIN 望

出品方　春山望野（北京）
文化传媒有限公司

Room 216, 2nd Floor, Building 1, Yard 31,
Guangqu Road, Chaoyang, Beijing, China